IL GIALLO MONDADORI

UNA MORTE ONOREVOLE

Ai miei genitori, Arianna e Loris,
e a Eleonora

It's a game of skill, not luck.
SIR ARTHUR CONAN DOYLE

1

La hall del Savoy brilla come la Galleria degli specchi di Versailles, il che contrasta in maniera vistosa col buio che avvolge le strade circostanti. Il blackout ha cancellato i contorni delle cose e li ha trascinati via insieme alla pioggia battente. Tranne in piazza della Repubblica, dove si trovano alcuni degli alberghi più lussuosi di Milano: lì la corrente è già tornata. I lampioni scintillano, le insegne al neon sfavillano e una batteria di potenti fari illumina i dieci piani della coreografica facciata tutta colonne e balconi liberty dell'hotel.

È la prima volta che Botero ci mette piede, anche se gli sembra di conoscerlo a fondo per tutto ciò che, nel corso degli anni, ha letto riguardo a quel cinque stelle lusso. Un luogo storico della città, che ha visto soggiornare nelle proprie stanze i potenti della Terra: principi, duchi e reali di varie casate europee. Durante la guerra era diventato il quartiere generale dei nazisti e, dopo la Liberazione, degli americani. Con gli anni Cinquanta era tornato ai suoi antichi splendori e aveva ripreso a ospitare una clientela selezionata e di tutto riguardo.

Forse per questo la mossa del commissario di togliersi le galosce inzaccherate e di sistemarle con nonchalance accanto alla reception, come se fossero valigie da custodire nel guardaroba, suscita l'immediato sguardo di riprovazione di un uomo elegante comparso dal nulla, proprio dietro di lui.

«Guardi che non può... Non siamo quel genere di hotel dove...»

«Di che genere di hotel parla?»

L'altro stringe gli occhi e squadra il nuovo venuto.

«Lei è un cliente della nostra struttura?»

«Lei risponde sempre a una domanda con una domanda?»

«Siamo il Savoy, ecco il genere di hotel! Uno dei più blasonati e lussuosi del mondo, se lo è dimenticato?»

«Difficilmente ricordo qualcosa che non mi interessa. Comunque la risposta è no: non alloggio qui.»

«In questo caso le devo chiedere di andarsene. E non dimentichi di prendere le sue...» l'uomo arriccia le labbra mentre indica le galosce «*cose*. Non penso che potrebbero servire ai nostri ospiti.»

«Non mi preoccupo molto di quello che la gente pensa, visto che non lo fa molto spesso.»

«Ora basta! Se ne vada o chiamo la polizia!»

«In questo caso le risparmio la fatica: commissario Luca Botero. Lei è il direttore, giusto?»

L'altro non muta espressione anche se ha accusato il colpo.

«Sì, sono Alfredo Colonna. Come ha fatto a capire che...»

«Rigidità, postura, preoccupazione. E un paio di

scarpe che nessun impiegato potrebbe permettersi. Si è alzato da poco, come si nota dal suo sguardo appannato, ma nonostante l'agitazione e la fretta che imponeva la circostanza si è comunque rasato con cura perché non vuole apparire trascurato agli occhi di quanti – poliziotti, giornalisti e chissà chi altro – arriveranno. Le basta o vuole mostrarmi il suo biglietto da visita per convincermi che ho ragione?»

Colonna si schiarisce la voce, imbarazzato. Anche lui ha osservato con attenzione il commissario e non gli sono sfuggite né le Church's modello Oxford a punta rotonda in pelle lucida né i pantaloni sartoriali.

Decide pertanto di optare per una mediazione.

«Vuole lasciare il cappotto nel nostro guardaroba?»

«Non è un cappotto ma un trench. Forse lo ignora, ma il nome deriva dal fatto che veniva usato dai soldati nelle trincee durante la Prima guerra mondiale. È resistente e impermeabile. E non me ne separo mai. Grazie comunque per l'offerta.»

«Lei è sempre così, ehm, poco cerimonioso?»

«Le menti semplici hanno sempre confuso l'onestà con la maleducazione.»

«La sua arroganza non ha davvero limiti!»

Botero scuote la testa. «Vede, Colonna, l'arroganza è qualcosa che ci si deve guadagnare. Non è da tutti. A questo va aggiunto che non mi piace sprecare tempo, e con lei ne sto perdendo parecchio! Perciò le chiedo: mi può indicare, per cortesia, dove si trova la suite presidenziale? La conversazione è piacevole ma non quanto pensa lei.»

Gli occhi del direttore sputano saette. «Il suo collega è già di sopra. Gli ascensori sono da quella parte, la suite si trova al decimo piano.»

«E le scale?»

«Non vorrà mica farsela a piedi, spero.»

«Ha paura che mi venga un infarto?»

«Non sembra più così giovane, in effetti. E poi non mi regali false speranze.» Non contento della frecciata, Colonna si affretta ad aggiungere: «E cosa dovremmo farci con questi cosi?».

«Sono galosce, direttore. E, visto che me l'ha chiesto, potrebbe dargli una bella pulita.»

L'altro scuote la testa, disgustato. Ormai è pronto a uno scontro senza quartiere ma, in quel momento, fanno il loro ingresso nella hall una serie di figure che lo impensieriscono ancor più dell'eccentrico commissario.

«Ossignore, e adesso questi chi sono?»

Vestono tutti in modo *rétro*, come se vivessero ancora nella Milano di Vallanzasca.

«Sono con me» annuncia Botero prima di presentarli a uno a uno, come a una sfilata di moda. Due donne e due uomini.

«Lui è Dario Piras.»

Il più giovane, sulla ventina, capelli a spazzola pieni di gel. Parka verde militare aperto su una camicia dai colori sgargianti con un enorme colletto a punta, pantaloni scuri e un paio di stivaletti neri e lucidi come Tony Manero nella *Febbre del sabato sera*.

«Michele Ferrara.»

Sovrappeso, con una grossa borsa a tracolla, abito scuro di un materiale cangiante sotto la luce, mocassini di pelle e ciuffo di capelli curato e pettinato maniacalmente, identico a quello di Elvis Presley.

Le donne, dal canto loro, paiono due delle *Charlie's Angels*, prima maniera.

«Roberta Cattaneo.»

Bionda, sui cinquanta, minuta, occhi color nocciola. Ciò che colpisce è la prorompente massa di riccioli alla Farrah Fawcett. Indossa un paio di pantaloni scozzesi e un gilè rosso con lo scollo a V da cui spunta una camicia a fiori.

«E infine Camilla Farina!»

Sulla trentina, jeans a zampa d'elefante, mora, capelli lisci che le arrivano alle spalle. Ha una vaga somiglianza con Lynda Carter, l'attrice che interpretava Wonder Woman nei telefilm degli anni Settanta. Le manca solo la coroncina dorata con la stella rossa in testa. Dettaglio che, comunque, non sfigurerebbe affatto con il giaccone di pelle lungo fino alle caviglie che sembra uscito da una pellicola di Fernando Di Leo.

Il commissario conclude la presentazione con una punta d'orgoglio nella voce: «Sono i miei investigatori: la squadra Alfa al completo!».

Non appena l'armata Brancaleone lascia la hall, il direttore sfila il cellulare dalla giacca per comporre il numero dell'amico questore, Giovanni Macaluso. È già la seconda volta che lo chiama, dato che meno di un'ora prima l'aveva tirato giù dal letto per comunicargli ciò che era accaduto nella suite presidenziale...

«Di nuovo buongiorno, Giovanni. Scusa se ti disturbo ancora, ma...»

«Nessun disturbo, Alfredo! Tanto ormai chi dorme più? Il telefono non la smette di squillare. Dimmi pure: sono arrivati i miei uomini? Qualcosa non va?»

«Sono qui, sì. Ed è proprio questo che mi lascia perplesso. Perdonami se te lo chiedo, ma chi mi hai mandato? L'ispettore Clouseau?»

Dall'altro lato della cornetta c'è un attimo di silenzio, seguito da una breve e composta risata.

«Immagino tu ti riferisca all'Amish.»

«A chi?»

«Al commissario Luca Botero. In questura lo chiamiamo così perché è un po' particolare, ecco. Detesta la tecnologia in ogni sua forma, per questo gli hanno affibbiato quel soprannome.»

«"Un po' particolare", dici? Si è presentato con le galosce! Sei sicuro che sia adatto a un caso delicato come questo?»

«Tranquillo: è un autentico segugio. Ha una mente formidabile e, da quando è a capo della squadra Alfa, non ha mai lasciato un solo caso irrisolto.»

«Quelli che stanno con lui sono pure peggio: non ti dico come girano vestiti...»

«Non ti preoccupare, si presentano così ma non sono male.»

«Sarà. Però questo Botero ha qualcosa di strano...»

«Non hai torto: anni fa, durante un'indagine, è caduto nella trappola di un criminale. Ci ha quasi rimesso le penne ma, alla fine, si è salvato, anche se da allora tutto ciò che è più recente degli anni Ottanta lo fa andare fuori di testa e gli causa attacchi di epilessia. Cellulari, computer, schermi al led...»

«Anche gli ascensori, a quanto pare.»

«Sì, pure quelli! Ora scusa ma devo salutarti, mi stanno chiamando da Roma per avere aggiornamenti. Stai tranquillo, sei in buone mani!»

*

La casa di ringhiera avrebbe bisogno di una tinteggiata e, sotto al diluvio, appare ancora più decadente. C'è silenzio, solo il rumore della pioggia che inonda via Paolo Sarpi, deserta a quell'ora.

All'inizio tutto fila liscio. Il cinese lo fa scendere giù per una scala ripida, quindi, alla luce di un'unica lampadina nuda, gli mostra il materiale su un banchetto di legno.

La cantina ha il soffitto basso e i muri scrostati dall'umidità. Nell'aria galleggia un vago odore di muffa e cibo fritto.

«Tu *maneggiale* con attenzione» si raccomanda.

L'ospite sorride. È abituato a modellare il Semtex a mani nude, figurarsi se teme quelle bombette da nulla, poco più che botti di Capodanno. Anzi, forse lo sono davvero: con tutta probabilità sono state confezionate con gli scarti della lavorazione dei petardi che, di lì a poco, avrebbero invaso tutti i negozi di Milano. Per ciò che deve farci lui, comunque, sono più che sufficienti: per l'esplosivo al plastico, invece, ha altri piani.

Il prodotto è di scarsa qualità ma deve arrangiarsi con quello che offre il mercato. Fino a qualche anno prima reperirlo era più semplice. Da Expo in poi, i controlli sono aumentati, l'antiterrorismo e i servizi tengono gli occhi aperti, e ci si deve accontentare.

Quando la luce va via entrambi si innervosiscono ma ad avere la peggio è il venditore, che si becca un coltello nel costato.

L'uomo lo sfila con la stessa rapidità con cui l'ha infilzato. Accende la torcia del cellulare e la punta sul tizio, che tiene gli occhi chiusi per il dolore.

«Adesso il cuore pompa a mille e spingerà fuori tutto il sangue che hai nelle vene, finché ti affloscerai come un palloncino sgonfio.»

A metà frase l'altro crolla sulle ginocchia. Si preme la ferita con le mani, ma è come arginare una diga col chewing gum.

Lo osserva morire mentre ripulisce la lama con un lembo della camicia del poveretto. Tanto per lui non farà più differenza.

Infila tutto nello zainetto ed esce, senza preoccuparsi del corpo.

Da quelle parti i cadaveri svaniscono. Sarebbe sparito prima dell'alba e la polizia non avrebbe mai saputo nulla della sua morte, perché si sa: a Chinatown non si muore mai.

*

Botero raggiunge il decimo piano col fiato corto e le gambe rigide. I suoi colleghi sono saliti in ascensore e lo aspettano sul pianerottolo, dove viene accolto da occhiate compassionevoli, tipo quelle che si riservano ai matti; solo Roberta lo osserva con tenerezza.

«Dovresti fare attenzione: tutte quelle scale non sono uno scherzo per il cuore!»

Michele Ferrara ridacchia, lisciandosi il ciuffo. Piras se ne sta appoggiato al muro con gli occhi che gli si chiudono dal sonno.

Camilla, invece, è in vena di goliardia: «Se ci rimani secco avremo un altro cadavere su cui indagare!».

«Non è il momento di fare dell'ironia, ispettore Farina» la redarguisce una voce alle sue spalle. È il suo ex capo, Alessandro Desanctis, uno che nemmeno dopo tre Negroni brilla per simpatia. Ha la faccia tirata ed è ancora più nervoso del solito, dal momento che lì dentro non può nemmeno fumare.

«Mi scusi» risponde lei abbassando lo sguardo.

Il dirigente le passa accanto, ignorandola. Massiccio, capelli crespi e nerissimi, labbra sottili. In genere indossa completi scuri senza cravatta ma oggi porta dei jeans e un maglione girocollo.

Si pianta davanti all'Amish, che continua ad ansimare per il fiatone, mostrandosi ruvido e scontroso. «Finalmente sei qui! È un pezzo che aspetto. Io sono arrivato da almeno mezz'ora!»

«Noto, infatti, che ti sei vestito in fretta, con le prime cose che hai trovato.»

«Cosa vuoi dire, commissario?»

«Hai il maglione al contrario. Si vedono le cuciture.»

L'altro si osserva imbarazzato ma ritorna subito all'attacco: «Sono corso appena mi hanno informato. Sai già quello che è successo, vero?».

«No, mi hanno solo detto di venire perché c'era un morto.»

«Esatto. Quando la luce è tornata gli invitati della festa si sono accorti che il loro ospite galleggiava a faccia in giù in mezzo alla piscina! A quel punto uno di loro si è tuffato e l'ha trascinato sul bordo, dove è stato soccorso da un altro invitato, un primario del Niguarda, che non ha potuto fare altro che constatarne il decesso. Dopodiché, come puoi immaginare, è scoppiato il panico e sono intervenuti quelli della security. Insieme a loro, per fortuna, c'erano due della Digos, l'agente Salvatore Catozzi e il sovrintendente Giorgio Leali, che hanno subito preso in mano la situazione e hanno informato me e il direttore dell'hotel. Giusto se te lo stai chiedendo: purtroppo non hanno visto nulla.»

«Quindi non escludiamo una disgrazia? Magari un malore...»

«Difficile che uno si metta a fare il bagno in smoking, no? Inoltre è strano che, proprio durante il blackout, la persona più in vista della festa faccia una fine simile. Non mi sembra possibile.»

«Possibile non significa probabile» replica il commissario, prima di aggiungere: «Ha segni di qualche tipo sul corpo?».

«Non ne ho idea: ho dato istruzioni affinché nessuno si avvicinasse al cadavere. Ho preferito mettere tutto in sicurezza e chiamarti.»

«Una cosa non mi è chiara: cosa ci faceva qui la Digos?»

«Vedi, questa era una di quelle feste dove, per partecipare, bisogna avere il proprio nome su una lista e lasciare il cellulare alle guardie prima di entrare.»

«Dovrebbero farlo anche nei ristoranti.»

«Nessuno ha protestato?» chiede Cattaneo.

«No, tutti gli invitati erano stati informati in via preventiva. Sembra che questo genere di precauzioni siano molto in voga in certi ambienti: feste senza foto dove tutti si sentono più liberi. Non c'è l'imbarazzo di ritrovare la propria immagine sui social con la bocca piena di gamberetti...»

«O peggio» chiosa Roberta.

«Esatto.»

«Sta dicendo che, al momento del blackout, nessuno degli invitati aveva a disposizione un cellulare per farsi luce?» domanda Camilla.

«Hanno acceso delle candele che si trovavano nella suite.»

«Questo, però, non spiega perché ci fosse la Digos» insiste l'Amish.

Il capo della Mobile abbassa la voce di un tono. «La vittima, una persona molto conosciuta, era stata minacciata dalla 'ndrangheta per una serie di appalti relativi a Expo.»

«Ora capisco perché sospetti che si sia trattato di un omicidio.»

«Aveva una scorta di due agenti. Siccome tutti gli ospiti erano stati identificati ed esaminati con il metal detector manuale sono rimasti in corridoio, insieme a un paio di uomini della security dell'hotel. Custodivano i cellulari e controllavano che non entrasse o uscisse nessuno, dato che quello è l'unico ingresso.»

Il commissario indica la porta in legno massiccio ornata con finiture d'oro.

«C'era anche del personale dell'hotel all'interno?»

«Sì, certo. Pure loro identificati e perquisiti. Tre camerieri, due uomini e una donna, più il cuoco che preparava le pietanze nella cucina della suite. Sono ancora dentro, insieme agli altri.»

«Li avete lasciati col cadavere fino ad ora?» si stupisce Botero.

«Be', visto che fra loro c'è l'assassino mi sembrava la soluzione più logica... Ho dato istruzione a uno degli uomini della Digos di tenere tutti lontano dalla piscina e dal corpo. Mentre l'altro, insieme ai due della sicurezza dell'hotel, sorveglia la porta: da quando è stato dato l'allarme non è entrato né uscito nessuno. Non abbiamo nemmeno restituito i telefonini e, a dire il vero, lì dentro iniziano ad agitarsi.»

«Ci credo!» sbotta Camilla. «Sembra un sequestro di persona!»

«La definirei più una precauzione, presa di comune accordo col questore. E comunque non mi pare certo un trattamento disumano stare rinchiusi per un'ora in una suite a cinque stelle con ostriche e champagne a disposizione!»

«L'umanità è molto sopravvalutata, in effetti» chiosa Botero con tono ambiguo.

«Bene: a questo punto credo di aver riferito tutto e ti affido ufficialmente l'indagine, commissario.»

«Direi che hai scordato il dettaglio più importante: chi è il tizio morto?»

«Abbiamo voluto mantenere il massimo riserbo, perché è una persona di riguardo e...»

«Sputa, Desanctis: hai già tergiversato abbastanza e

le persone là dentro presto butteranno giù la porta se non le liberiamo.»

Il dirigente della questura piega la testa in avanti e, abbassando la voce, sussurra: «È uno molto in vista qui a Milano...».

«Abbi pietà e dimmi il nome!»

«L'onorevole Vincenzo Greco.»

2

Sono passate le due e mezza quando agli ospiti del party viene consentito, uno alla volta, di lasciare la suite presidenziale. Una sorta di liberazione di massa.

Visi stravolti, provati dall'attesa e dalla paura. Tra i primi ci sono un paio di camerieri in divisa – completo nero e guanti bianchi – dall'aria esausta, una loro collega visibilmente scossa, con tanto di grembiule e cuffietta, e lo chef con la *toque blanche* afflosciata e scivolata da un lato.

Botero rimane in disparte, in fondo al corridoio, a osservarli. Non tralascia nessuno, li studia, anche se ostenta disinteresse. Desanctis gli è accanto, perplesso. Avrebbe potuto andarsene ma il questore e il pm lo chiamano ogni dieci minuti per avere aggiornamenti e ormai non sa più cosa rispondere. Muore dalla voglia di accendersi una sigaretta ma non può allontanarsi: vuole prima vedere cosa combina l'Amish.

Quando compare un ragazzo con indosso un accappatoio con il simbolo dell'hotel e un asciugamano avvolto intorno al collo non resiste e gli sussurra: «Lui è

Matteo Ferrari, il tizio che si è tuffato in piscina; quello calvo, alle sue spalle, è Fabrizio Zanetti, il medico che ha constatato il decesso. Vuoi parlarci?».

«No, prima devo farmi un'idea su quanto è accaduto.»

La risposta non lo sorprende: altri inquirenti avrebbero adottato approcci differenti; sarebbero entrati subito, avrebbero urlato qualche domanda e così via. Non Botero, lui opera in modo diverso. Alla vecchia maniera, come adora precisare a ogni occasione.

«Quella dall'aria distrutta è la moglie, Francesca Rinaldi. Dietro di lei ci sono il portaborse dell'onorevole e la segretaria...»

«Non mi serve la telecronaca di chi sta passando. Studierò i volti e, più tardi, le loro storie.»

«Non li interrogherete subito?»

«Nemmeno per sogno! Lo sai che le persone...»

«... mentono. Sì, lo dici sempre. Vanno comunque sentite.»

«Lo faremo a tempo debito, alla Cortina di ferro. Ora, visto che grazie alla lista conosciamo l'identità di ciascuno di loro, procediamo con le fotografie e poi li lasceremo tornare a casa.»

«Quali fotografie?»

«Ti faccio vedere.»

Il commissario lo conduce in una stanza situata accanto agli ascensori, un piccolo ufficio messo a disposizione dall'hotel.

«Tutti gli invitati passeranno di qui.»

Il capo della Mobile infila la testa all'interno del locale, dove Elvis ha già predisposto ogni cosa. Dalla borsa ha estratto una Fujica del 1971 e, sulla scrivania, è allineata una collezione di rullini pronti per l'utilizzo. Accanto a lui Piras, con una matita e l'elenco degli invitati. Al suo fianco una sacca di tela nera contenente i cellulari requisiti all'ingresso.

«Quando arrivano fai svuotare le tasche agli uomini e controlla le borse delle donne.»

«Cosa cerco?»

«Pistole, coltelli, bombe a mano... E prendi nota di tutto ciò che trovi, anche se sul momento non ti sembra importante. Non si sa mai: magari ci tornerà utile più avanti.»

Desanctis fissa Botero, che riprende a spiegare: «Piras li identificherà e restituirà gli smartphone. Ferrara scatterà le foto, che poi utilizzerò per l'inchiesta. Soddisfatto?».

«Ho scelta? L'indagine è tua, ma mi raccomando: massima discrezione. Fra poco arriveranno anche il medico legale e la Scientifica.»

«Chi è il pm di turno?»

«Costamagna, ma non ti devi preoccupare. Con lui terrò io i contatti. Tu riferisci a me e se hai bisogno di qualcosa non esitare a chiamarmi, ok?»

«Non c'è più nessuno» annuncia Catozzi, uno degli agenti della Digos, comparendo in corridoio. È rimasto a piantonare il cadavere finché anche l'ultimo ospite è uscito.

«Aspettate qui» dice Botero battendo le mani. «Entro da solo.»

Gli altri si bloccano mentre, con una spinta, spalanca la pesante porta di legno.

Davanti ai suoi occhi la suite presidenziale splende

come il foyer della Scala la sera della Prima. Una distesa enorme di marmi e mobili antichi, quadri pregiati e lampadari di cristallo. Fuori, la pioggia continua a cadere a dirotto ma lui non ci fa caso. Osserva l'opulenza del luogo.

Tutto è arredato con gusto e lusso, ma la vera attrazione è la piscina: una vasca ovale con due delfini a mosaico sul fondo che riflettono la luce e creano giochi di colore. Da un lato si affaccia sul salone principale, così che si possa conversare e brindare anche stando a mollo. Sul lato opposto, invece, è collegata a una terrazza panoramica, da dove è possibile godere una vista mozzafiato di Milano.

Il commissario si avvicina per osservare il piatto forte. Negli anni, i delfini sul fondo sono stati testimoni di scene di ogni tipo, con protagonisti emiri e star di Hollywood, regnanti e cantanti pop; hanno assistito alle situazioni più disparate, assurde e grottesche, ma certo, non avevano mai visto galleggiare sopra le loro teste il cadavere di un uomo in smoking.

*

I tergicristalli del Ducato non ce la fanno. Troppa acqua. A secchiate.

«Cos'è stanotte: il diluvio universale?»

«Non lo so, Salvo. Meno male che siamo quasi arrivati.»

I fratelli Nisticò, una pioggia tanto violenta non l'hanno mai vista. Sono partiti di mattina presto da Gioia

Tauro alternandosi alla guida fino a Milano dove, ora, non si vede a un palmo dal naso.

«Perché fa così buio, Domenico? Non hanno i lampioni qui?»

«E che ne so? Sarà andata via la luce!»

«Non mi oriento più.»

«Io sì. Quello che abbiamo passato era l'ospedale Niguarda, non dovremmo essere lontani. Prendi il sottopasso che facciamo prima.»

«Sicuro? C'è acqua dappertutto!»

«Non rompere e fai come ti dico!»

Salvo inserisce la freccia poco convinto. Le ruote slittano e, in un secondo, la discesa si trasforma in uno scivolo, come nei parchi acquatici.

«Porca puttana, ma questo è un fiume in piena!»

Il sottopasso è allagato e il furgone esaurisce la sua corsa dietro a un paio di auto semisommerse dall'acqua.

«Ora che succede?»

«Il motore si è spento! L'avevo detto io che...»

«Rimettilo in moto, avanti! Dobbiamo uscire di qui. Pure a marcia indietro se serve!»

Salvo ci prova: gira la chiave una, due, tre volte. Scuote la testa.

«Niente. Che facciamo?»

Domenico è il più vecchio dei due ed è quello che prende le decisioni. Stavolta esita.

L'acqua s'infiltra nell'abitacolo e i due hanno i piedi a mollo.

«Non lo so. Siamo bloccati. Proviamo a chiamare aiuto coi cellulari.»

«Il mio non prende. Il tuo?»

«Cazzo, neppure il mio! Devono essere saltati anche i ripetitori!»

«Leviamoci di qui o faremo la fine dei sorci!»

«Merda, vedo un lampeggiante: gli sbirri.»

«No, stupido. Sono i pompieri che vengono a tirarci fuori.»

«E come ci regoliamo con quello che c'è nel cassone?»

«Lo recupereremo dopo. Se anneghiamo sarà peggio per tutti, no?»

«Non lo so: se perdiamo il carico saremo morti comunque.»

*

Lo sfarzo sfrenato trasmesso da ogni centimetro quadrato: ecco cosa colpisce Camilla quando, insieme a Desanctis e Cattaneo, raggiunge Botero nella suite.

Lei, figlia di un poliziotto invalido, non si potrà mai permettere di soggiornare in un posto del genere. I pavimenti in marmo, le pareti rivestite di seta e i mobili intarsiati in oro.

In attesa di entrare ha cercato sul cellulare le caratteristiche di quella residenza da sogno e, ora, non può fare a meno di condividere le informazioni con i colleghi. Deformazione professionale.

«Questo posto costa quindicimila euro a notte! Ci pensate? Un anno di stipendio per dormire qui!» La *presidenziale* è una delle cinque stanze d'albergo più care al mondo. Anche se di camere, all'interno, ce ne sono molte più di una. Oltre al salone – dove trovano posto un pianoforte a coda, tre divani di pelle, quattro poltrone, due tavolini di cristallo e un bellissimo lampadario di vetro di Murano – c'è una sala da pranzo con un lungo tavolo in legno in grado di ospitare dodici commensali, una cucina, tre stanze da letto – ciascuna con il proprio bagno privato – e la piscina in stile pompeiano con annessa sauna e bagno turco. Il tutto impreziosito da una terrazza che si estende per l'intera lunghezza del piano.

«Il nostro onorevole non ha badato a spese per la sua festa!» commenta Roberta. E, per non essere da meno della collega nel fornire informazioni al commissario, sempre a caccia di spunti per i suoi ragionamenti, aggiunge: «L'aveva organizzata per festeggiare la fine dell'Expo e la riuscita del faraonico progetto TEEM, la strada che collega Milano ai padiglioni, con annesso megaparcheggio e centro commerciale, di cui era stato uno dei principali fautori sin dai tempi in cui sedeva in consiglio comunale!».

Nemmeno lei era rimasta con le mani in mano mentre aspettavano il via libera; ne aveva approfittato per scendere e fare quattro chiacchiere col direttore. Consapevole che il primo approccio con l'Amish non doveva essere stato dei migliori – non lo è mai per nessuno, del resto – aveva pensato di mettere in campo la sua diplomazia per ottenere qualche ragguaglio in più.

Colonna, incontrando finalmente qualcuno di buona creanza, si era sbottonato e le aveva riferito diversi dettagli interessanti su quell'evento tanto esclusivo.

«Gli invitati erano cinquanta. Selezionatissimi, scelti tra le figure più influenti della città.»

Botero non sembra interessato alle loro chiacchiere: è già entrato in quella strana modalità per cui tutte le persone che ha intorno scompaiono a vantaggio esclusivo del suo spirito d'osservazione.

Ispeziona il salone, i divani, il pianoforte, su cui hanno depositato senza ritegno piatti e bicchieri, e il mobile bar rifornito all'inverosimile. Un vero paradiso per alcolisti: brandy, tequila, vodka, whisky di ogni tipo, amari, rum di varie provenienze.

«Da lasciarci il fegato» commenta Desanctis.

«E anche le penne, a quanto pare» chiosa mentre attraversa il salone e raggiunge la piscina.

Infila i guanti di pelle nera e si avvicina con cautela al cadavere adagiato sul bordo.

«Ci siamo» interviene con sarcasmo il capo della Mobile, seppur sottovoce. «Il segugio è a caccia d'indizi.»

Vincenzo Greco era un uomo robusto. Sui sessanta, occhi scuri, capelli rasati a zero per nascondere un'incipiente calvizie, un ventre prominente stretto dalla fascia nera dello smoking.

Desanctis rimane in disparte: qualcuno lo sta chiamando al cellulare e si allontana per rispondere.

Camilla e Roberta, invece, si avvicinano, facendo attenzione a non invadere lo spazio del commissario che, accovacciato, osserva il volto pallido dell'onorevole.

La pelle, sulle gote e sul collo, è bluastra, le pupille sono dilatate e, all'angolo delle labbra, si nota un residuo di schiuma bianca.

«Quella roba non esce dalla bocca degli annegati?» domanda Farina. «Quando stavo a Bologna mi è capitato di ripescare un tizio nel Reno e il dettaglio mi aveva colpito.»

«Magari aveva bevuto un po' troppo» interviene Roberta. «Quando è andata via la luce è scivolato in acqua e, siccome nessuno poteva vederlo e aiutarlo, è annegato.»

«Non ho mai capito perché se uno non sa nuotare va a fondo, ma se è annegato galleggia» butta lì Camilla, come per continuare il discorso della collega.

Il commissario stavolta la degna di una risposta: «Dipende da quanta aria c'è nei polmoni. Quando l'hanno trovato doveva essere appena morto, altrimenti sarebbe stato sul fondo della piscina. Il galleggiamento avviene in un secondo momento: col rilascio dei gas il cadavere si gonfia e riaffiora...».

«Sembra disgustoso.»

L'Amish si stringe nelle spalle e ritorna a ignorare il mondo circostante, fino a quando la sua attenzione viene attirata dal luccichio di alcuni cocci di vetro. Si trovano accanto alla piscina, non lontano dalla scaletta di metallo utilizzata per entrare in acqua.

Prima controlla che il pavimento sia asciutto, quindi si mette a quattro zampe e li annusa.

Gli altri restano in disparte, sforzandosi di rimanere seri.

«Sembra un cane da tartufo» sussurra Desanctis comparendo alle loro spalle.

Le poliziotte cercano di non ridere finché Botero si rialza e, con un'espressione strana sul viso, si rivolge al capo della Mobile.

«I tuoi timori erano fondati, caro Alessandro; la morte dell'onorevole non è stata una disgrazia: l'hanno avvelenato!»

3

La pioggia riga le vetrate della presidenziale.

Desanctis, con due borse sotto agli occhi che lo fanno somigliare a un panda, se ne sta rannicchiato su una poltrona nel salone. Da parecchi minuti parla fitto al telefono col questore.

Piras entra di corsa e, per un attimo, rimane a bocca aperta al cospetto di tutta quella magnificenza. Botero lo osserva sollevando un sopracciglio.

«Avete finito con le foto?»

«Sì. Un paio di scatti per ciascun invitato, per essere sicuri di non sbagliare. Quasi tre rullini da trentasei pose.»

«E sei venuto a informarmi di questo?»

«Sì, cioè no. Non solo, ecco.»

L'Amish sospira.

«Avanti, Dario» lo esorta Roberta, che da sempre ha preso sotto la sua ala il giovane sardo. «Cos'altro devi riferirci?»

«Tre cose. La prima è che Ferrara ha scattato quarantotto ritratti, due foto per ciascuno.»

«Quindi ne mancano due» commenta Cattaneo, «visto che, da quanto mi ha riferito il direttore, l'onorevole aveva una vera ossessione per i numeri... Gli invitati dovevano essere cinquanta, e pare che le persone abbiano fatto carte false per partecipare!»

«Allora ne manca soltanto uno» interviene il commissario. «Il cinquantesimo doveva essere lo stesso Greco, no?»

Roberta annuisce e Piras riprende la parola: «Stando alla lista, l'unico assente è un certo Fausto Grimaldi».

«Di chi state parlando?» domanda il capo della Mobile, sempre col telefono attaccato all'orecchio. «Dell'assessore regionale? Non preoccupatevi: credo sia uscito prima del blackout.»

«Continua, Dario: non abbiamo tempo da perdere» lo incalza Botero, ansioso di rimettersi all'opera.

«Gli agenti della Digos e i due addetti alla vigilanza dell'hotel chiedono se devono attendere di essere interrogati o se possono andarsene. Sono sfiniti, dopo tutto quello che è successo.»

«Mandali a casa: li sentiremo più tardi insieme agli altri e all'assessore scomparso. Devi dirci ancora qualcosa?»

«Sono arrivati quelli della Scientifica.»

«Falli entrare!» ordina Desanctis perentorio, chiudendo la chiamata. «Passeranno al setaccio ogni centimetro quadrato di questo posto! E se c'è un indizio lo scoveranno!»

*

La scritta sotto al ponte recita "Quartiere de *l'ortiga*", ma per via del buio e della pioggia si fatica a leggerla. I fari la illuminano per un istante. Il murale lì accanto, invece, è inghiottito dalle tenebre. Raffigura i grandi della musica e del teatro milanese: Ornella Vanoni, Enzo Jannacci, Dario Fo, Ivan Della Mea, Giorgio Strehler, Giorgio Gaber e Nanni Svampa.

Una pennellata di nero li nasconde. L'uomo parcheggia e spegne il motore. È arrivato a casa, l'Ortica. Un grumo di strade che è Milano ma sembra altrove. Un posto in bilico, affascinante e deludente al tempo stesso. Balere, osterie, case di ringhiera, ma anche palazzi scalcinati vicino a locali modernissimi, cari oltre ogni dire. Tornarci da Chinatown in una notte di tregenda come quella, con il buio e l'acqua ad allagare le strade, è stata un'impresa che ha richiesto più del previsto.

Quando mette piede nel suo appartamento, dopo aver scalato centootto gradini rischiarati appena dalle luci di emergenza, rosse come quelle dei cinema porno di una volta, è sfinito. Bagnato fino alle ossa, ma con lo zaino che, protetto da un sacchetto di plastica, ha tenuto all'asciutto quello che si è procurato.

Dopo aver riposto il contenuto in un cassetto fuma una sigaretta mentre osserva la città sommersa ai suoi piedi. Potrebbe permettersi qualcosa di meglio del settimo piano di un palazzo popolare, ma preferisce restare in disparte, invisibile, come ha sempre fatto nella vita. Getta la cicca dalla finestra, si spoglia e infila tutto quello che indossa in un sacco nero della spazzatura di cui si libererà appena possibile; lo attende una lunga doccia bollente, e poi subito a letto.

Dormirà meno di due ore: ha un appuntamento che non può rimandare e deve ancora oliare il fucile.

*

«Cominciamo dalla piscina e dal cadavere» ordina Bordigon, il capo della Scientifica. Un tizio secco secco e dritto come un fuso, il volto affilato e i denti da ratto, leggermente sporgenti.

Non guarda Botero: non si amano molto per via del noto scetticismo del commissario nei confronti del lavoro degli uomini in tuta bianca.

L'Amish fa segno ai suoi di seguirlo.

«Lasciamoli giocare e controlliamo il resto della suite. Sperando che non facciano casini nel raccogliere i pezzi di vetro.»

Camilla e Roberta gli vanno dietro a testa bassa mentre Desanctis, messo in allarme da quelle parole, si aggrega agli uomini della Scientifica per assicurarsi che i cocci del bicchiere vengano repertati come si deve.

Una delle cose che Farina ha imparato da Botero è che, oltre al luogo del delitto, occorre analizzare il contesto. Cosa ci faceva lì la vittima? Dove e come viveva? Perché per la festa aveva scelto quel luogo e non un altro?

«Ci siamo anche noi» annuncia Ferrara entrando in scena con il ciuffo arruffato e la macchina fotografica appesa al collo. Piras è alle sue spalle, e come sempre gli farà da assistente. Il sosia di Elvis, con la sua Fujica, da quel momento in avanti si trasformerà negli occhi della squadra fotografando ogni stanza, ogni suppellettile, ogni dettaglio, oltre al cadavere.

«Da questa parte» lo richiama Botero. «Diamo un'occhiata alle altre stanze. Poi, quando gli imbianchini avranno finito, voglio una serie di scatti anche della piscina e dell'onorevole, intesi?»

Ferrara e il commissario si intendono alla perfezione. Prima di essere aggregato alla Alfa era un maresciallo dei carabinieri abituato alla disciplina militare e al rigore. Doti fondamentali non solo per gestire il loro sterminato archivio, così da recuperare in fretta i documenti di cui l'Amish necessita per le sue brillanti deduzioni, ma anche per scattare e sviluppare le fotografie nella camera oscura.

Botero osserva ogni dettaglio con la massima attenzione. Controlla le suppellettili, i divani, le poltrone, il pianoforte.

«Quando si sono riaccese le luci devono essere stati tutti presi dal panico» dice Camilla indicando tovaglioli e posate gettati sul pavimento.

Lui, attento a non calpestare niente con le sue preziose Church's, imbocca il corridoio che porta alla sala da pranzo e alle stanze da letto.

«Quanto è grande questo posto?» chiede Roberta.

«Più di cinquecento metri quadrati» risponde pronta la collega.

Piras non resiste ed emette un fischio. «Alla faccia del mio monolocale!»

L'Amish abbozza un sorriso mentre sfiora con le dita della mano destra il lungo tavolo in legno di noce, con intarsi di madreperla e oro. Ha una forma rettangolare, con gli angoli leggermente curvi. Ci sono sei sedie per lato rivestite di velluto rosso, schienali imbottiti e braccioli dorati. Sulla metà opposta rispetto all'ingresso è stesa una tovaglia bianca di lino con ricami floreali e bordi in pizzo coperta di piatti e vassoi. Al centro, un grande vaso di cristallo pieno di rose rosse e bianche. Ai lati, due doppiere d'argento con candele bianche quasi del tutto consumate, ma ancora accese. Sopra le loro teste brilla un lampadario di Murano che riflette la luce sui quadri e sugli specchi che adornano le pareti. L'atmosfera sarebbe elegante e raffinata, se non fosse per gli avanzi di cibo abbandonati un po' ovunque. Elvis scatta a raffica.

«Lì è dove lo chef ha preparato la cena per gli ospiti» spiega Cattaneo indicando i fornelli. «In fondo ci sono il frigorifero e la lavastoviglie.»

Il giro prosegue nelle altre stanze. La prima che controllano è quella padronale.

Il letto è kingsize, il televisore alla parete è di cinquanta pollici marca Bang & Olufsen. C'è un caminetto, e nel bagno adiacente una Jacuzzi. Botero si piega ad annusare la vasca, come se fosse la cosa più naturale del mondo. Quando ha finito arriccia il naso e si copre la bocca.

«Puzza?» chiede Farina.

Lui scuote la testa.

«Sembra tutto in ordine» osserva Piras avvicinandosi al letto. «L'onorevole e la moglie avrebbero passato qui la notte dopo la festa?»

«No» risponde Roberta. «Il direttore mi ha detto che sarebbero tornati a dormire a casa: abitano in via Carducci, zona Sant'Ambrogio. La suite era stata affittata solo per la festa, non per soggiornarci, anche se avrebbero potuto...»

Quando Ferrara ha documentato tutto riprendono il tour.

La seconda stanza è più piccola. Anche lì caminetto e tv da cinquanta pollici, ma niente idromassaggio. Letto matrimoniale intatto.

Botero passa oltre e raggiunge l'ultima camera.

«C'è il caminetto pure qui» osserva Piras.

Camilla butta lì una frase maliziosa: «Serve per creare la giusta atmosfera».

Roberta sgrana gli occhi e il commissario sembra quasi darle ragione mentre si avvicina al letto.

«Lenzuola e coperte sono state spostate. E direi che qualcuno si è anche divertito: ci sono tracce di rossetto sul cuscino.»

«Forse avevano paura del blackout e hanno deciso di rimanere vicini» s'inserisce Elvis continuando a scattare.

«Secondo me hanno solo approfittato del buio per spassarsela!» interviene Roberta.

«Certo, farlo al Savoy non è roba da tutti i giorni...» rincara Farina.

Le due donne si scambiano un'occhiata.

L'Amish, senza mostrare alcun interesse per quei dettagli, esce dalla stanza e, dal corridoio, urla: «Assicuratevi che lenzuola e federe vengano analizzate: gli incappucciati di Bordigon sarebbero capaci di dimenticarsene; se siamo fortunati i due amanti focosi hanno a che fare con l'omicidio dell'onorevole».

*

Domenico si liscia i lunghi baffi grigi a manubrio e riprova a girare la manovella in senso orario. Niente. Va avanti così da molto, ormai. Sospira ma non si innervosisce. Quelli che si agitano sono i passeggeri alle sue spalle, bloccati da quasi quarantacinque minuti, al buio, sulle panche rigide del *gamba de legn*, come lo chiamano i milanesi.

Il panorama che li circonda è surreale: quando erano sbucati, sotto un diluvio universale, davanti al Teatro alla Scala, tutto era diventato nero. Milano si era spenta come una candela nella pioggia. Il tram si era fermato davanti all'ingresso del teatro dove, a Sant'Ambrogio, entrano i vip per assistere alla Prima.

«Il tram è la magnificenza del creato» era stato il commento caustico in milanese di un passeggero abbastanza anziano da ricordare Jannacci. «Anche quando è fermo perché ti permette di godere del paesaggio.»

Il tranviere aveva sorriso, ma era stato l'unico. Gli altri tre passeggeri forse non avevano compreso, visto che erano stranieri; due uomini di colore con borsoni pieni di ombrelli che avevano venduto per tutta la notte e una donna dai lineamenti dell'Est con uno sguardo triste che si specchiava nel vetro.

«Siamo tornati indietro di cinquant'anni» aveva aggiunto l'uomo.

A Domenico era scappato da ridere sotto ai baffoni, perché conosceva qualcuno che sarebbe stato felice se fosse accaduto davvero.

Poi erano rimasti in silenzio, al buio. Era saltato tutto: si trovavano nel cuore della metropoli e l'unico rumore che si udiva era il picchiettare della pioggia sul tetto e sui finestrini.

Domenico controlla l'orologio: un quarto d'ora alla fine del turno. Non che gli importi granché, in quella situazione...

Dietro, nessuno si muove. Aspettano che ritorni la corrente. Ogni tanto quell'atmosfera irreale viene interrotta da un lampeggiante: forze dell'ordine ma, soprattutto, camion dei pompieri che sfrecciano veloci e scompaiono nella notte.

Alla fine, così come se n'è andata, ritorna: la luce irrompe prepotente, illumina la Scala, la piazza, la statua di Leonardo da Vinci che svetta nel centro, Palazzo Marino e la galleria Vittorio Emanuele II in tutto il suo splendore. L'esplosione è così forte e repentina che tutti, d'istinto, si coprono gli occhi con le mani per permettere alla vista di abituarsi.

Domenico gira la manovella e il tram riprende vita.

*

«Milano non è più al buio!» annuncia Desanctis quando la squadra ritorna nel salone. «Ho appena concluso una chiamata con la compagnia elettrica: la luce è tornata, anche se un po' a macchia di leopardo. In alcuni casi, come in questa zona, è stata ripristinata in fretta, in altri ci è voluto molto di più: in Duomo ci hanno messo quasi un'ora, a Loreto ottanta minuti, a Niguarda, col fiume esondato, l'hanno ristabilita solo da qualche minuto. Ora, però, è tutto a posto.»

«Cos'era successo?» chiede Camilla sperando di recuperare la brutta figura di prima.

«Troppa pioggia. Come sempre il Seveso è straripato. Idem il Lambro. I tombini non ce l'hanno fatta a drenare tutta quell'acqua e la cabina elettrica di Benedetto Marcello, che sta proprio qui a due passi, è stata sommersa. Risultato: i quartieri intorno alla Stazione Centrale sono piombati nel buio. Così come quelli vicini al Niguarda.»

«È arrivato il medico legale» annuncia Piras un attimo prima che faccia il suo ingresso Marta Spedo.

«Scusate se ci ho messo un po', ma le strade sono un lago di fango.»

Camilla finge comprensione e mostra un sorriso tirato. Fra loro non corre buon sangue, e non perché sia successo qualcosa di particolare. La ragione è sempre la stessa: il bel commissario. In genere si incrociano nel feudo della Spedo: il Labanof, il Laboratorio di antropologia e odontologia forense. La dottoressa è piccola e scattante, occhi nerissimi, capelli rasati a zero ai lati e ciuffo viola che le ricade ribelle sulla fronte. La cosa peggiore, tuttavia, è che sembra avere un forte ascendente sull'Amish. Il quale, infatti, appena la vede s'illumina, subito ricambiato.

«Ah, quindi sei tu a dirigere le indagini! Se l'avessi saputo sarei venuta con le pinne per fare più in fretta!»

Botero si limita a sorridere. Per lei equivale a un incoraggiamento: «Avrei dovuto immaginarlo: la morte di un deputato è una cosa grossa! Naturale che abbiano pensato a te; per un caso del genere ci vuole il migliore!».

Lui abbassa lo sguardo, imbarazzato, mentre Camilla e Roberta lanciano occhiate incendiarie alla rivale. Nemmeno fra le due donne dell'Alfa i rapporti sono idilliaci, ma in questa occasione fanno fronte comune contro la terza incomoda.

«Se non sono rogne, in effetti, non ci considerano» interviene Cattaneo.

«Il commissario pensa che l'onorevole sia stato avvelenato» aggiunge Farina. «Sarebbe il caso di controllare, invece di stare qui a chiacchierare...»

«Vuoi togliermi il lavoro?» domanda Spedo rivolta a Botero, fingendo di non cogliere la punzecchiatura della poliziotta.

«Mai nella vita!» ribatte lui sollevando le mani. «È già abbastanza faticoso rovistare in quello che sta fuori alle persone, infilarci le mani dentro mi disgusterebbe.»

«Faccio finta di aver compreso il tuo ragionamento e lo prendo come un complimento, d'accordo?»

Lui si stringe nelle spalle, mentre le sue colleghe la osservano dirigersi verso il cadavere. Se potessero, la pugnalerebbero alla schiena.

*

«Lo sa che una volta ho servito una coppa di champagne a Sophia Loren? Era seduta proprio dove sta lei adesso.»

Botero è sceso al bar del piano terra. Ha bisogno di distrarsi, di liberare la mente e, per riuscirci, gli serve una dose massiccia di caffeina. E di silenzio. Peccato che il barista – un tipo prossimo alla pensione, capelli radi, sorriso affabile e doppio mento alla Hitchcock – muoia dalla voglia di attaccare bottone.

La battuta con cui l'ha accolto deve rifilarla a tutti per rompere il ghiaccio.

L'Amish, però, non gli dà corda. Così, dopo aver fatto sfiatare la macchina del caffè e avergli piazzato davanti la tazzina, il tizio cambia strategia.

«Lei è preoccupato, si vede dalla faccia. È per via di quello che è successo?»

«Parla del blackout o dell'altra cosa?»

«Dell'altra, mi pare ovvio! Dia retta a me: ne vedremo delle belle! Ho una certa esperienza a riguardo.»
«Ma non mi dica.»
«Si fidi! E prevedo anche delle sorprese! Mi auguro solo che non si finisca in un punto morto.»
«Quello c'è già stato, purtroppo.»
«Cosa intende?»
«Cosa intende lei, semmai.»
«La partita in casa del Toro, no? Ci giochiamo il primo posto in classifica e se pareggiamo...»
«Mi scusi, ma se voleva parlare di calcio perché mi ha chiesto se sapevo cos'era successo?»
«Ho notato che, quando è entrato, ha sfogliato "La Gazzetta dello Sport" appena consegnata, lì sul bancone. In prima pagina c'è quel titolone sulla formazione che schieriamo; quindi ho pensato che...»
«Non si riferiva a quello che è accaduto nella suite?»
«Perché, cos'è successo? Io ho appena preso servizio. Mi hanno solo detto che c'è la polizia...»
«Lei mi piace. È uno che osserva.»
«Grazie. Aspetti, adesso ho capito: lei è della questura, giusto?»
«Commissario Luca Botero, piacere.»
«Barista Bortolo Sanfilippo, al suo servizio!»
«Lei mi è simpatico, Bortolo» chiosa l'Amish dopo avergli stretto la mano. «Mi dica: come ha fatto a capire che tifo per l'Inter?»
«Perché ha la faccia di uno che ha sofferto, commissario.»
«Non immagina quanto.»
«Sa, per certi versi il mio mestiere assomiglia al suo:

vedo tante persone passare di qui e, in un attimo, devo capire chi sono, come comportarmi, inquadrarli per evitare figuracce. Con lei non ha funzionato granché, mi spiace.»

«Al contrario, è andato benissimo: ha indovinato la mia fede calcistica.»

«Ne sono felice. E poi che dire? Se anche oggi va male chissenefrega, tanto abbiamo vinto il Triplete, no?»

L'Amish sussulta. *Triplete*. Campionato, Coppa Italia e Champions League. Tre trofei nella stessa stagione. È successo davvero, certo. Cinque anni prima. Peccato che lui non se lo ricordi: all'epoca si trovava in un letto d'ospedale, in coma.

«È passato del tempo...»

«Del tempo? Io lo aspettavo da decenni! Da quando ero adolescente e sulla panchina dell'Internazionale c'era il Mago.»

«Herrera.»

«Esatto! Quelli sì che sono ricordi speciali! La grande Inter di Suarez, Mazzola, Corso...»

Il commissario è troppo giovane per averli vissuti. Ne ha sentito parlare, ovviamente, e quando ancora guardava la tv aveva visto le repliche delle partite in bianco e nero. Il fatto che se ne ricordi lo stupisce: ha cancellato intere annate della sua vita ma rammenta le gesta atletiche di Domenghini e Hitchens. E si ricorda anche di H.H. – un altro soprannome del mago Helenio Herrera –, che dalla panchina urlava *"Taca la bala!"*, la maccheronica versione italo-ispanica del francese *Attaquez le ballon!*

«Non ti stai mica commuovendo, vero?» chiede Sanfilippo passando al tu. Se si condivide una fede non si è più degli estranei, anche se ci si trova al Savoy.

«No, Bortolo. Anzi, ti ringrazio per questo bel ricordo!»

«Oggi giocheremo infarciti di riserve...»

«Questo non sarà un problema, sai come si dice no?»

L'altro s'illumina: «Sicuro che lo so! A Milano ci sono solo due squadre: l'Inter e le riserve dell'Inter».

Scoppiano a ridere.

«Citare Peppino Prisco funziona con i clienti?»

«Non direi! Troppi non sanno chi fosse l'avvocato! Qui, poi, sono tutti stranieri e di calcio capiscono poco.»

«Oppure sono dell'altra parte...»

«Oh be', non ci sarebbe nulla di strano perché vedi, nel 1899 proprio in questo hotel venne fondato il Milan. Giuro! Io, comunque, non ho niente contro il Diavolo. Anzi, commissario, ti faccio una confessione: prima di tirare le cuoia divento milanista, così se ne va uno di loro!»

4

Dieci piani di scale. Due volte nella stessa mattina, mentre la città deve ancora svegliarsi. Le gambe molli, il fiato corto. Roberta è, come sempre, la prima a correre incontro a Botero, preoccupata.

«Ti verrà davvero un infarto se continui così!»

Lui scuote la testa, fa segno che non è niente ma è piegato in due e si tiene i fianchi.

«Qui come va?» domanda appena recupera un po' di fiato.

Lei non ha il tempo di rispondere: dalla stanza da bagno padronale arriva un urlo belluino.

«Commissario, hanno trovato qualcosa!» annuncia Piras arrivando di corsa.

Tutti lo seguono: Camilla, Desanctis, Ferrara, Roberta e, ovviamente, l'Amish. Anche Spedo che, nonostante stia ultimando l'esame sul cadavere, è curiosa di sapere cosa abbiano scoperto quelli della Scientifica.

Bordigon, tuta bianca e guanti azzurri di lattice, li riceve con un sorriso sornione. Sotto la luce al neon del bagno sembra un astronauta pronto per la missione Apollo.

«Forse c'è una svolta nel caso» annuncia solenne. Quindi, senza avvertire, spegne le luci, accende una lampada blu e la Jacuzzi si illumina come un albero di Natale.

«Guardate cosa abbiamo rinvenuto grazie al luminol!»

Un *oooh* collettivo si leva alle spalle di Botero, che invece appare solo scocciato.

«Perché l'avete spruzzato lì?»

«Vuoi insegnarci a fare il nostro mestiere, commissario?»

La tentazione di ribattere a tono è forte. Gli sale in gola una frase che trova adeguata per la situazione ma la ricaccia indietro: "L'umanità è una malattia incurabile". Non la ricorda a caso visto che la sua mente è come HAL 9000: non dimentica nulla di ciò che legge. Nella fattispecie, la citazione è tratta dal terzo capitolo del romanzo *1984* di George Orwell, nel momento in cui il protagonista, Winston Smith, viene torturato dall'inquisitore O'Brien. Potrebbe indicare anche il numero della riga nell'edizione che aveva sfogliato a diciott'anni, ma gli sembra un'informazione superflua, che comunque non riesce a dimenticare.

Possedere una memoria eidetica è una condanna: impressi a fuoco nella memoria conserva brani di testi che gli sono passati fra le mani nell'infanzia o da adolescente.

Si ricorda perfino di una pubblicità dell'hotel Savoy risalente al secolo scorso, pubblicata sui quotidiani, dove si invitava a soggiornare nello storico albergo "a dieci minuti di carrozza dalla Scala", nelle cui stanze avevano dormito, tra gli altri, Charlie Chaplin, Evita Perón e

Maria Callas. Magari la Divina aveva sguazzato in quella stessa vasca dove ora un idiota aveva spruzzato il luminol a casaccio, convinto di trovare chissà quale indizio!

«Che cosa significa secondo lei?» domanda Desanctis.

«Un'altra scena del crimine» azzarda Bordigon riaccendendo le luci.

«Con tutto quel sangue sarebbe una strage!» osserva Spedo, poco convinta.

«E poi non ha senso! Il cadavere è in piscina» riprende il capo della Mobile.

«Però uno degli invitati manca» azzarda Piras.

«Ma chi, l'assessore regionale?»

Il ragazzo si stringe nelle spalle.

«Avete provato a chiamarlo?» chiede Desanctis preoccupato.

«Sì, ma il cellulare è staccato.»

«Non c'è da stupirsi: a quest'ora la gente dorme» interviene Roberta.

«Oppure è morta» sentenzia l'uomo della Scientifica.

«Nei film horror li fanno a pezzi nella vasca da bagno, no?» riprende Dario.

«Bravo, e poi come hanno fatto sparire il corpo? La porta era sorvegliata. Nessuno poteva entrare o uscire...»

Il giovane sardo, però, sembra particolarmente infervorato. «E chi ha parlato della porta? Magari se ne sono sbarazzati dal terrazzo. Pioveva, c'era buio pesto per via del blackout: potrebbero averlo buttato di sotto, nel vicolo. Secondo me vale la pena dare un'occhiata...»

Desanctis sbianca di colpo. Crede a quella ricostruzione, la trova plausibile. Tutti gli altri se ne stanno in silenzio, incerti su cosa pensare.

Bordigon gongola: ha trovato una prova fenomenale sfuggita all'Amish. Al punto che non riesce a trattenersi e chiede: «Tu cosa ne dici, commissario?».

Botero dapprima sembra soppesare le parole, assaporarle, finché non ce la fa più e sbotta: «Penso che siete degli idioti. Degli inutili idioti, per la precisione!».

L'uomo della Scientifica si indigna, e anche il capo della Mobile riserva al commissario una smorfia di biasimo. Ormai, però, non c'è più modo di fermare il fiume in piena.

«Come si può essere tanto stupidi da spruzzare il luminol a casaccio?»

«Bada, Botero, che stavolta non la passi liscia! Io me ne frego di quello che ti è successo. Non ti puoi permettere di sputare sentenze del genere, tirando a indovinare...»

«Io non indovino, osservo! E deduco.»

«Ah sì? Sentiamo allora cosa hai dedotto da questa scena.»

«Semplice: che al Savoy chi si occupa delle pulizie delle stanze è molto scrupoloso. L'avevo già notato nel mio sopralluogo. Ecco, venite tutti qui, piegatevi sulla vasca e annusate, come ho fatto io. Avanti! Non siate timidi!»

Roberta, Camilla e perfino Desanctis ubbidiscono: vogliono capire fin dove si spingerà l'Amish.

«Lo sentite? Non vi pizzicano le narici?»

«In effetti» conferma il capo della Mobile ritraendosi di scatto «brucia!»

«Per forza! Quello lì dentro non è sangue, ma varechina! Se dovessi azzardare un'ipotesi direi che una signora delle pulizie molto scrupolosa, sapendo della festa coi vip, voleva che l'idromassaggio fosse lustro come non mai. E allora cosa ha fatto? Sbiancante e olio di gomito per levare tutte le macchioline. E come sanno anche gli studenti di chimica del primo anno, eccetto forse il nostro Bordigon, non è solo il sangue a reagire con il luminol, ma anche una lunga serie di altre sostanze, tra cui, indovinate un po', la candeggina.»

«È vero?» chiede Desanctis rivolto all'uomo della Scientifica.

Quello, rosso in viso, annuisce controvoglia.

«D'accordo» riprende il capo della Mobile spazientito, «forse qui non è stato ammazzato nessuno, però, Botero, non ce la racconti giusta con queste deduzioni. Ci devi ancora spiegare come hai capito che l'onorevole è stato avvelenato. Anche lì ti è bastato annusare dei cocci di vetro, per capire? Cosa sei, un segugio da *trifola*?»

«No, solo un investigatore che fa uso di tutti i sensi. In questo caso dell'olfatto: il bicchiere rotto odorava di mandorle amare, e immagino che voi tutti sappiate che...»

«Arriva al punto» insiste il dirigente, sempre più infastidito.

«Cianuro» interviene Spedo. «L'odore di quel particolare veleno ricorda quello dei semi che ha citato il commissario. E, in via ufficiosa, visto che mi riservo di eseguire le opportune analisi in laboratorio, posso dire che concordo: l'onorevole è stato avvelenato, anche se sulla causa della morte preferisco ancora non esprimermi.»

Tanto basta perché Camilla e Roberta lancino la solita occhiata di traverso al medico legale e Bordigon esca a testa bassa dalla stanza con la scusa di dover effettuare chissà quali rilievi.

Quando ritornano nel salone la pioggia ha finalmente smesso di cadere e le prime luci dell'alba rischiarano il cielo.

Col sole si nota ancora di più quanto la suite sia un capolavoro di lusso e raffinatezza.

Gli uomini della Scientifica, finito di passare al setaccio le varie stanze, hanno ripreso a repertare tutto ciò che trovano in giro: bicchieri, posacenere, tovaglioli. Ogni cosa, perfino il contenuto dei cestini della spazzatura. Hanno anche raccolto più o meno un milione di impronte, che poi inseriranno nell'AFIS nella speranza che un serial killer sotto mentite spoglie fosse presente al party per assassinare l'onorevole e sia stato tanto stupido da lasciare le proprie tracce in giro.

Cattaneo spalanca la portafinestra ed esce in terrazza a contemplare la vista. Sono in alto, oltre i rami frondosi degli aceri e dei tigli della piazza sottostante.

«È come avere la città ai nostri piedi» sussurra rivolta a Botero, che l'ha raggiunta. «Si vede la Madonnina e, da questa parte, il Pirellone e i nuovi palazzi di vetro.»

Lui abbozza un sorriso. Ha la faccia stanca e la mente altrove, come gli succede spesso.

Lei vorrebbe penetrare quella scorza dura, squarciare l'involucro che si è costruito dopo l'incidente. Loro si conoscevano da prima, colleghi proprio nell'indagine che era stata fatale al commissario... Forse qualcosa di più. Peccato che lui non se lo ricordi.

Anche il resto della squadra arriva a godersi il panorama.

«Per ora qui abbiamo finito» annuncia il commissario dopo qualche istante di silenzio. «Possiamo tornare alla base.»

«E gli interrogatori?» chiede Desanctis, unico a essere rimasto all'interno della suite.

«Convocheremo tutti per oggi pomeriggio. E li torchieremo a dovere.»

*

«Dormire è distrarsi dal mondo.»

Aveva risposto così il commissario, citando Borges, quando Camilla gli aveva telefonato, per avvisarlo del delitto e, forse con una certa dose d'ingenuità, chiedergli se dormisse. «Temevo di dover venire a bussare alla tua porta!» aveva aggiunto. «E, in effetti, ancora non capisco: se manca la corrente com'è possibile che il tuo telefono funzioni?»

«Potrei farti la stessa domanda.»

«Io sto in un monolocale sulla Darsena, ricordi? Qui l'elettricità non è mai andata via. Tu, invece, che scusa hai?»

«Che non uso diavolerie elettroniche e possiedo solo un apparecchio fisso di vecchia generazione. Viaggia ancora sui doppini telefonici e non richiede corrente, visto che dalla centrale, insieme al segnale, inviano anche l'alimentazione a 48 volt. Un tempo, se mancava la luce, potevi chiedere aiuto col telefono: oggi sei spacciato... Tuttavia, dato che non sono Meucci, direi che questa conversazione è durata fin troppo. Chi è il morto?»

«Un pezzo grosso; non mi hanno voluto dire il nome. Il questore ha chiesto espressamente della nostra squadra.»

«Questo significa...»

«... che è successo un casino! Altrimenti ci avrebbero pensato quelli della Mobile.»

Ci ripensa mentre lo attende al pianterreno insieme ai colleghi e, quando lo vede spuntare, torna a chiedergli: «Davvero dormivi quando ti ho chiamato?».

Botero ha il fiato corto. Scendere è meglio che salire, ma richiede comunque un bell'accumulo di acido lattico.

«Perché me lo domandi?»

«Ricordo che soffrivi d'insonnia cronica.»

Una delle "caratteristiche speciali", come le chiama lei, che ha imparato a conoscere dell'Amish. Subito dopo il trasferimento a Milano, infatti, con il primo caso importante su cui si era trovata a indagare, era stata assegnata alla squadra Alfa, dapprima in maniera provvisoria e poi in pianta stabile. Un cambiamento radicale: stare accanto a Botero aveva mutato il suo modo di approcciarsi al mondo e interpretarlo. Non c'era bisogno di velocità, di essere precipitosi o di formidabili tecnologie: qualsiasi indagine, secondo il commissario, poteva essere risolta con l'osservazione e la logica. Nient'altro. E lei si era adeguata.

La squadra, plasmata a immagine e somiglianza del suo ideatore, rappresentava quanto di più distante ci potesse essere da ogni altra unità di polizia esistente in Italia.

Era stata creata *ad hoc* perché lui potesse sentirsi libero di condurre un'investigazione con i suoi metodi, alla vecchia maniera, come se, invece che nel 2015, si fosse ancora negli anni Settanta.

«Non dormo solo se indago su un caso.»

«Allora da oggi puoi dire addio ai tuoi sonni tranquilli, almeno per un po'.»

Botero abbozza un sorriso e smette di ascoltare: la sua attenzione è attirata da qualcosa. Vicino al bancone, dentro una busta di plastica trasparente con impresso lo stemma dell'hotel, pulite e lucidate, ci sono le sue galosce.

Di Alfredo Colonna, invece, non c'è traccia; alla reception, adesso, staziona una sorridente signorina in uniforme.

«I suoi stivali sono pronti» annuncia.

«Sono galosce, non stivali! Risalgono agli anni Sessanta: suola spessa e antiscivolo, punta leggermente arrotondata. Impermeabili e resistenti ma, al tempo stesso, raffinate e sobrie, non trova?»

Lei arrossisce, confusa.

«Non ci faccia caso» corre in suo soccorso Camilla. «Con lui è sempre così.»

Le due donne si sorridono mentre il commissario, recuperata la busta, infila l'uscita senza più degnarle di uno sguardo. Gli altri si sono radunati davanti alla porta girevole. Della follia della notte passata la città sembra non curarsene. Piazza della Repubblica è poco trafficata. Piras tiene gli occhi chiusi, come se dormisse in piedi. Elvis porta a tracolla la borsa con la macchina fotografica e ha l'espressione di uno che preferirebbe sottoporsi a una vasectomia piuttosto che trovarsi lì. Roberta, invece, appare impassibile. Non sorride, non sembra innervosita: aspetta. Come fa ormai da parecchio tempo: attende di essere considerata più di una semplice collega.

Camilla accende il motore della Clio parcheggiata proprio accanto all'ingresso. Si tratta di un modello di almeno dieci anni prima, abbastanza *rétro* per non suscitare la repulsione dell'Amish.

«Dove si va?» chiede quando tutti sono saliti. «Linate? Malpensa? Un bagno all'Idroscalo?»

«Cortina di ferro» ordina Botero prima di barricarsi in un meditabondo silenzio.

*

La posizione è scomoda ma, per garantirsi una visuale completa, non ha alternative: deve rimanere immobile, in attesa. Per fortuna ha smesso di piovere. Comunque è attrezzato e, soprattutto, ci è abituato. Il palazzo è il più alto del circondario e ha il tetto piatto.

Trenta metri più sotto, la strada è deserta. Bagnata per via della tempesta notturna ma senza il solito traffico, giusto qualcuno che porta a spasso il cane. Ha scelto con cura il giorno: la domenica, quando non ci sono intrusi in vista.

L'edificio che osserva attraverso il mirino del fucile è un'ex caserma militare semidiroccata. Una costruzione austera e grigia che occupa un intero isolato, circondata da un giardino pieno di alberi scheletrici. Quando era attiva poteva ospitare un migliaio di soldati; da qualche mese, invece, gli unici inquilini di quel complesso decadente sono cinque persone in tutto.

L'aria è fredda e umida. L'uomo stira i muscoli del collo e resiste all'impulso di sbadigliare, anche se non ci sarebbe nulla di male. Questione di disciplina.

Dormire poco non gli è mai pesato: fa parte del mestiere; e poi, come ripete sempre, si riposerà da morto.

*

Quando in questura avevano detto a Camilla com'era stata ribattezzata la sede della squadra Alfa non ci voleva credere.

«Botero è uno alla vecchia maniera, sembra uscito dagli anni Settanta» l'aveva messa in guardia Desanctis. «Non per scelta ma per necessità. E se pensi che sia il solo pazzoide che incontrerai da quelle parti, ti sbagli di grosso. Te ne accorgerai appena metterai piede nei loro uffici: tutti i membri della combriccola sembrano reduci di un Paese dell'Est sotto il giogo sovietico... Per questo chiamano "Cortina di ferro" il posto dove stanno!»

Farina parcheggia proprio davanti all'edificio. Seduto sul sedile al suo fianco c'è il commissario, dietro gli altri.

Le portiere si aprono e pensa che, in due mesi che sta alla Alfa, è la prima volta che salgono tutti insieme sulla stessa auto. Per fortuna Roberta non era seduta dietro di lei: avrebbe avuto paura che la garrotasse a tradimento.

«Devo iniettarmi del caffè in vena per riuscire a stare sveglio» si lamenta Elvis sistemandosi il ciuffo.

«Io vorrei solo buttarmi a letto» mugola Piras.

Il sole si è affacciato tra le nuvole e Botero infila gli occhiali speciali. Camilla sa che sono la sua coperta di

Linus; hanno lenti scurissime e servono a proteggerlo dal mondo esterno: luci psichedeliche, lampeggianti, raggi laser, ufo robot. Tutto quello che potrebbe causargli una crisi. Ha assistito un paio di volte a quei momenti e non è stato per niente piacevole. Per questo, quando deve usare il cellulare – lei è l'unica della squadra autorizzata a tenerne uno – sta bene attenta che lui non le sia accanto, dato che, soltanto nel vederlo, cadrebbe in preda alle convulsioni!

Scende a sua volta e tutto succede in un baleno. L'Amish solleva lo sguardo e nota qualcosa che luccica. Reagisce d'impulso gettandosi di peso su Roberta, che gli sta accanto. Farina, Piras ed Elvis, scesi sul lato del marciapiede, abbassano la testa d'istinto, riflesso condizionato, senza capire. Non si sente nulla finché il vetro di un lampione esplode sopra le loro teste.

«Ci sparano addosso!» urla Botero. «State giù!»

Estraggono le pistole puntandole verso il cielo, incerti su dove mirare. Altro riflesso condizionato. Tranne il commissario: lui non gira armato. Roberta è a terra e sanguina. Loro due sono allo scoperto, vulnerabili.

«Aiutatemi a portarla al sicuro!»

Piras è congelato: si è buttato sotto la Clio; Elvis è raggomitolato contro una delle ruote.

Camilla no, lei non ha paura: fa il giro dell'auto di corsa e, insieme al commissario, solleva Cattaneo e la trascina al riparo, dietro l'utilitaria.

Lo fanno col cuore che batte a mille, perché il cecchino li starà sicuramente osservando. Forse sta prendendo la mira. Sudano. La prossima pallottola potrebbe essere per uno di loro. Ma non succede. Nessuno sparo.

Cala un silenzio irreale. Spettrale. Passa un lunghissimo minuto.

Botero trema e tenta di tamponare la ferita della collega con un fazzoletto.

La chiama a gran voce: «Roberta! Roberta, non chiudere gli occhi!».

La donna, però, ha le palpebre abbassate e non risponde più.

5

Roberta riapre gli occhi.

Ha freddo e trema. Il dolore alla spalla è acuto ma, stranamente, non si sente poi così male. È come in un sogno. Botero la stringe fra le braccia, è inginocchiato sopra di lei. Gli occhi verdi dentro i suoi.

«Vuoi baciarmi, commissario?»

Lui è a un centimetro e le tiene la testa sollevata. La donna batte i denti, ma è felice di averlo così vicino.

«Non davanti a tutti.»

Nelle orecchie la sirena di un'ambulanza. L'ha chiamata Camilla col telefonino.

«Cos'è successo?»

«Ti hanno sparato.»

«A me?»

«Già.»

«Perché? Non vogliono che indaghiamo sulla morte dell'onorevole?»

L'Amish scuote la testa.

«Chi è che assume dei cecchini allora?»

«Dammi la pistola, tanto a te non serve adesso.»

«È nella borsa.»

Lui la recupera e la infila nella tasca del trench.

«Chi mi ha sparato, Luca?»

Sentirsi chiamare per nome è strano per Botero. Nessuno lo fa.

«Qualcuno che voleva noi, Roberta. Qualcuno che ci aspettava. Che ci spiava.»

L'ambulanza arriva in uno stridore di freni e i paramedici scendono di corsa. Anche due pantere della polizia raggiungono il luogo della sparatoria. Ormai tutta la via è sveglia, affacciata ai balconi e alle finestre.

«Come "ci spiava"?» chiede lei con un filo di voce.

«Chi viene in ufficio anche la domenica?»

«Solo noi due» risponde Roberta. Vorrebbe aggiungere che lo fa per stare con lui. Per vedere l'uomo che non ha una vita all'infuori del lavoro e passa il tempo alla Cortina di ferro. Lei ci va perché così può godersi qualche ora di complicità, sperando che si ricordi...

La sollevano e la caricano sulla barella.

«Ci aspettava per ucciderci?» chiede mentre la portano via.

«Sì. E ho paura che la pallottola che ti sei presa fosse destinata a me.»

*

La sirena urla e l'ambulanza corre veloce sulla preferenziale. Camilla ha un sorriso amaro dipinto sulle labbra. Botero le ha ordinato di salire insieme a Roberta per accompagnarla in ospedale e lei ha ubbidito. L'ironia della situazione non sfugge nemmeno all'altra donna, mezza svenuta sul lettino: a tenerle la mano c'è la rivale che non ha mai accettato in squadra.

Il commissario aspetta che il mezzo di soccorso abbia svoltato in via Primaticcio per sollevare lo sguardo al cielo. Il sole si riflette nella pece dei suoi occhiali.

«Sembra che stia elaborando calcoli complicatissimi» sussurra Piras. È sporco di fango ma, almeno, ha smesso di tremare.

«Forse è così» conferma Elvis sistemandosi il ciuffo.

Gli agenti arrivati sul posto si avvicinano e aspettano ordini. Lo conoscono di fama e sanno che non è il caso di prendere iniziative o dire qualcosa prima che sia lui a farlo.

Rimangono immobili per un paio di minuti, finché l'Amish esce dal letargo e indica un edificio di dodici piani.

«Quello è il palazzo più alto. Se fossi un cecchino mi apposterei lassù.»

Ristrutturato di recente, tutto specchi e con una valanga di insegne all'ingresso. Il classico posto da uffici e coworking. Nessun appartamento.

«Come lo sa? Ha considerato l'angolazione e la traiettoria?» si chiede uno dei poliziotti non troppo sottovoce.

«Esatto, agente. Vuoi che ti spieghi i miei calcoli?»

Quello scuote la testa arrossendo fino alla punta dei capelli.

«Scommetto che a quest'ora se l'è già svignata, ma andiamo comunque a dare un'occhiata. Tu e il tuo collega piazzatevi davanti al portone e controllate tutti quelli che escono.»

Quindi, rivolto a Piras ed Elvis: «Noi, invece, entriamo».

Appena finisce la frase si mette a correre.

«Avanti, seguitemi, e tenete la pistola a portata di mano!»

Arrivati nell'androne impartisce altre istruzioni.

«Tu, Ferrara, prendi l'ascensore; io e Piras ci facciamo le scale. Una volta lassù non fare l'eroe: blocca la porta e, se scende qualcuno dal tetto, prima gli spari e poi gli chiedi chi è. Capito?»

Non ce n'è bisogno. Come aveva previsto, quando si ritrovano in cima non c'è traccia del cecchino. Una scala a pioli porta sul tetto e Botero ci si arrampica come un ragno. La pistola sempre in una mano, pronto a fare fuoco. Non serve: il tetto è deserto, bagnato per la pioggia della notte.

Piras e Ferrara lo raggiungono. Lui scuote la testa. Ha già perlustrato il lato che affaccia sulla Cortina di ferro. Non ci sono tracce evidenti ma si capisce, da una sorta di giaciglio ricavato con vecchi cartoni, che il cecchino li aspettava sdraiato lì sopra.

«Niente bossoli. Deve averli raccolti, da vero professionista. È rimasto appostato parecchio. Era un'azione preparata.»

«Ma chi può voler uccidere Roberta?» chiede Piras.

Botero va a controllare il lato opposto del tetto. «Ecco da dove è salito» indica. Gli altri si avvicinano. «Nessuno lo avrà notato.»

Sul retro parte una rampa di scale di ferro.

«Norme antincendio» spiega. «Arriva e scompare come un fantasma. Prima ha sparato, poi è scappato da qui senza che noi potessimo vederlo.» Sospira e, sconfortato, ripone la Beretta nella tasca del trench.

*

«Che minchia significa che vi siete persi il carico?»

Il Lupo enfatizza la domanda scagliando la tazzina sul pavimento. Il barista afferra la ramazza e si mette a raccogliere i cocci, senza fiatare. Il locale è piccolo ma ci sta tutto l'essenziale: la Cimbali, i tabacchi, il SuperEnalotto, i gratta e vinci appesi e perfino tre macchinette mangiasoldi. Si sviluppa in lunghezza e, in fondo, c'è il bagno, grande come una cabina telefonica.

Il bar Sila affaccia su piazza Durante e, a quell'ora della domenica mattina, è deserto. Oltre al barista c'è solo un tizio con i capelli grigi e la coda di cavallo accanto al bancone e i due fratelli Nisticò, che gli stanno accanto a testa bassa. Fuori, sul marciapiede, ad assicurarsi che nessuno entri attendono gli scagnozzi del boss: Genny, grosso come un armadio e scuro come un africano, e Ciro, piccoletto ma con due braccia spesse come rami di quercia.

«Colpa dell'acqua» sussurra Salvo.

«Come?»

«Il furgone è finito a mollo. Per via del Seveso che è esondato» interviene Domenico. «Siamo rimasti bloccati in un sottopasso e saremmo annegati, se non fossero arrivati i pompieri a salvarci.»

«Avreste dovuto schiattare là sotto!» ringhia l'uomo grattandosi il mento ispido. «Perché quella è la fine che farete se non recuperate il carico. Adesso il furgone dov'è?»

«Se lo sono portati via col carro attrezzi» riprende Salvo. «Al deposito comunale. Dobbiamo solo andare a recuperarlo. Poi lo portiamo al solito posto.»

«Quando?»

«Domani mattina, appena aprono. Di domenica è chiuso.»

Il Lupo guarda l'uomo dietro il bancone, che gli prepara un altro caffè.

«Avete tempo fino a mezzogiorno; se non lo consegnate sapete cosa vi succederà. Ci siamo capiti?»

*

L'interno della Cortina di ferro è in cattivo stato: muri scrostati, vetri sporchi, calcinacci e polvere come in una catacomba. Non c'è il budget per una squadra di pulizie e nemmeno per una di disinfestazione, che sarebbe ancora più opportuna. All'entrata, un cartello scritto a mano indica che per la squadra Alfa bisogna salire al secondo piano. A piedi, in perfetto stile Botero. Non che ci siano alternative; l'ascensore è presente, ma non ha mai funzionato: i battenti sono sfondati e la cabina piena di spazzatura.

Arrivati in cima alle scale la situazione migliora. Lì qualcuno pulisce. Si viene accolti in un lungo corridoio con le pareti dipinte di verde e il pavimento di linoleum, finché ci si trova davanti a una porta in vetro smerigliato su cui è appiccicato un altro foglio, con la dicitura a pennarello "Squadra Alfa". Entrando è come se si abbandonasse il secolo in corso per immergersi in quello passato, quando l'Europa, e non solo, era ancora divisa in due dal muro.

Scrivanie dal piano in formica con gambe e cassettiere in alluminio, sedie girevoli con gommapiuma che spunta dai buchi negli schienali, telefoni a disco, neri e in bachelite. Nessun computer, nessun monitor al led, nessuna connessione Wi-Fi. Solo macchine da scrivere Olivetti Lettera 22, un paio di vecchie fotocopiatrici e un fax, che rimane il mezzo preferito dal commissario per ricevere informazioni dal mondo esterno. Quello che attira maggiormente l'attenzione sono gli sconfinati scaffali di metallo carichi di faldoni: il territorio incontrastato di Elvis, custode del fornitissimo archivio. Se in Italia esiste un fascicolo o un documento riguardante un cittadino – una multa non pagata, la foto di un autovelox, un incartamento giudiziario – alla Cortina di ferro ce l'hanno. Tutte le forze di polizia del Paese spediscono qui le loro scartoffie e Ferrara, paziente e metodico, le archivia. Ogni rapporto, verbale o informativa, anche se originariamente in formato digitale, viene stampato e inviato via posta o tramite fax.

Stamattina, però, Elvis ha altro di cui occuparsi: appena rientrato si è subito rintanato in camera oscura con Piras. Lo spazio, in un'ex caserma militare, non manca di certo, ed ecco quindi che, al pianterreno, è stata attrezzata una stanza dotata di tutto il necessario per lo sviluppo fotografico. Entro un paio d'ore le immagini scattate al Savoy verranno appese a un filo in attesa che si asciughino. Poi passeranno al commissario, che studierà ogni posa con la massima attenzione.

Nell'attesa, Botero si è rifugiato nel suo ufficio. È sfinito e preoccupato per Roberta.

Sono le dieci ed è in piedi dalle due, ha fatto trentadue piani di scale, andata e ritorno, esaminato una scena del crimine, assistito a una sparatoria e si è pure arrampicato su un tetto alla ricerca di un cecchino. Avrebbe diritto di riposare, magari su una delle brandine che tengono nel seminterrato, ma non se lo può permettere. Deve indagare e poi, lo sa per esperienza, non riuscirebbe a chiudere occhio.

Il trillo del telefono quasi lo spaventa. L'adrenalina è svanita e la stanchezza gli si è abbattuta addosso come un tornado. Afferra la cornetta e l'avvicina all'orecchio.

«Roberta se la caverà» annuncia Camilla. «Tanto spavento, ma era solo una ferita superficiale. Io ritorno in ufficio, così vi do una mano con le indagini.»

«Grazie» risponde prima di riagganciare. Non è uno da convenevoli, ma si sente sollevato per la notizia. Al punto che compone subito un altro numero.

Risponde una voce femminile con un forte accento sudamericano.

«Ciao, come sta Duca?»

Consuelo gli garantisce che il cagnolone se la cava alla grande: sono andati a spasso, ha mangiato e ora dorme tranquillo.

La donna ha un rapporto strano con Botero, particolare.

«Forse stasera non torno.»

«*No te preocupes.*»

Sa che il meticcio bianco è in buone mani: un po' perché anche lei ci è affezionata, un po' perché gli ha promesso che se ne prenderà cura con la massima attenzione. Era successo in seguito alla prima grande crisi che il commissario aveva avuto dopo l'incidente; in un impeto – anche se sarebbe meglio definirlo un "raptus" – aveva tentato di scaraventare ogni apparecchio dotato di transistor giù dalla finestra perché lo facevano ammattire: tv al plasma, computer portatile, forno a microonde, telefonino di ultima generazione...

La sua vicina di casa, Consuelo, era intervenuta e l'aveva calmato. Lui, allora, le aveva regalato tutti gli aggeggi elettronici che possedeva: almeno tremila euro di roba. A quel punto la donna, per sdebitarsi, si era dichiarata sua dogsitter a vita: ogni qualvolta ne avesse avuto bisogno avrebbe potuto lasciarle Duca da accudire. E così era stato. Botero le aveva fornito una copia delle chiavi dell'appartamento, in modo da poter entrare per controllare il cane e portarlo a spasso. Come era accaduto quel mattino.

Chiude la telefonata e si alza per avvicinarsi allo schedario che tiene in ufficio. Non cerca una pratica, la sua attenzione è riservata all'oggetto posato lì sopra. Deve solo infilare la spina nella presa e girare la manopola. Il Brionvega prima emette un flebile ronzio, poi prende vita. Armeggia con la sintonia finché trova la frequenza desiderata.

«Ascolti un po' di musica?» chiede Piras dalla soglia.

«No» ribatte l'Amish spegnendo d'impulso. «Cosa c'è?»

«Abbiamo finito con le foto» annuncia. «Ora si stanno asciugando.»

«Bene. Allora attaccati al telefono e convoca tutti gli invitati al party dell'onorevole per oggi pomeriggio. Quando arriveranno, ricordarti che servono le impronte digitali: le prenderai a tutti, nessuno escluso, d'accordo?»

«Comandi.»

Ma non si muove.
«Che altro c'è?»
«Ci sono notizie di Roberta?»
«Sta bene, la ferita era superficiale.»
Il sardo finalmente sorride. «Mi fa piacere. L'abbiamo scampata bella, eh, commissario?»
«Per ora sì, Dario. Però ricorda che tu sei ancora a rischio.»
«Io? E perché mai?»
«Solo i buoni muoiono giovani, e qui di giovane ci sei rimasto solo tu. Quindi occhio!»

*

La decadenza è il tratto distintivo del luogo. Camilla non potrebbe descrivere altrimenti quel bar. Pavimento in graniglia, tavolini di laminato, bancone in legno, uno specchio opaco che avrebbe bisogno di una bella passata di straccio e le bottiglie allineate alle spalle del barista.

Deve essere quell'aria polverosa che lo fa andare a genio a Botero. Si trova poco distante dalla Cortina di ferro, in zona Bande Nere, e anche il nome richiama un'epoca passata: Fulgor.

Rientrata dal San Paolo, la poliziotta era sicura di trovarlo lì. Come tutti gli uomini, anche se Botero è un genio, ha le sue debolezze che lo rendono prevedibile: se non si trova dove dovrebbe essere, allora è al bar.

Lui la accoglie con un gesto del capo. È l'unico cliente. Dietro al bancone c'è un cinese dall'aria stanca che gioca col cellulare volgendo le spalle all'Amish.

Camilla gli si siede accanto.

«Che follia le partite a mezzogiorno!» borbotta il commissario.

Alla fine ha preferito rinunciare ad ascoltare la partita con il Brionvega.

«Come va?»

«È appena iniziato il secondo tempo. Vinciamo uno a zero.»

Solo allora lei si accorge della radiocronaca in sottofondo, a volume bassissimo. Recepisce il messaggio e si alza in piedi per ordinare un panino. È dalla sera precedente che non mette niente nello stomaco e comincia a vedere appannato. Non chiede al suo capo se vuole qualcosa: Botero il pranzo lo salta, e nei rari casi in cui mangia, preferisce farlo da solo. Detesta vedere gli altri con la bocca piena.

Ormai è abituata alle sue stranezze. Il primo incontro, o per meglio dire scontro, col commissario, Camilla non lo avrebbe certo annoverato fra i ricordi memorabili della sua vita. Sin dall'inizio era passata da momenti di puro odio ad altri di grande tenerezza e istintiva attrazione fisica, anche se non era mai riuscita ad avvicinarsi abbastanza a lui per capire se l'interesse fosse reciproco. Tranne, forse, in un'occasione, che però, alla fine, non era andata come lei aveva sperato...

Quello che le era stato chiaro fin dal primo istante, tuttavia, era che, nonostante la sua originalità e la sua proverbiale capacità d'indisporre il prossimo, il commissario piaceva alle donne; suscitava nel gentil sesso un forte ascendente e un'attrazione innegabile.

In lui tutto era ambiguo, a partire dal cognome: ci si

aspetta d'imbattersi in uno di quei pasciuti individui raffigurati dall'omonimo pittore colombiano e, invece, ci si ritrova al cospetto di un uomo alto e attraente, sui quarantacinque, e in perfetta forma fisica. Innegabilmente bello. Una testa piena di riccioli castani, un trench alla Maigret, una collezione di camicie di sartoria sempre portate con le maniche arrotolate sopra ai gomiti e impeccabili pantaloni gessati sorretti da bretelle di vari colori. Ai piedi, le immancabili Church's modello Oxford a punta rotonda che userebbe anche per correre la Stramilano!

Quello che fa davvero girare la testa sono i suoi occhi verdi, limpidi e magnetici; ogni volta che ne incrocia lo sguardo, Camilla è costretta a rivolgere la sua attenzione altrove per non arrossire come una tredicenne.

A volergli proprio trovare un difetto, si potrebbe azzardare che l'unica nota stonata siano le basette alla Belushi.

L'aspetto fisico, comunque, non è tutto, visto che, nove volte su dieci, Botero risulta odioso al prossimo per via del carattere tutt'altro che accomodante. Né ruvido né sgarbato; schietto e *tranchant* nelle opinioni che esprime; diretto, senza inibizioni né sovrastrutture: un atteggiamento che suscita rabbiose reazioni nei suoi interlocutori. Non tutto va imputato a ciò che gli è successo, visto che forse la supponenza e quel senso di infallibilità che lo contraddistinguono esistono da sempre in lui. Camilla non può saperlo, visto che lo conosce da appena otto settimane. Chi lo frequenta da più tempo, come Desanctis, giura che *prima* era davvero infallibile: una mente sopraffina che, al contrario di adesso, sapeva anche avvalersi dell'ausilio della tecnologia. A ogni modo una cosa lei l'ha capita: vecchio o nuovo stile, nessuno è in grado di farla franca se il commissario gli si mette alle calcagna. Ecco perché, quando hanno chiamato dal Savoy, vista la gravità di quanto accaduto, il questore non ha esitato un istante nell'affidargli l'indagine: Botero era e, nonostante tutto, resta il suo uomo migliore.

Il barista posa sul tavolo un panino rachitico e una bottiglietta di minerale.

L'Amish osserva Camilla addentarlo, pieno di disapprovazione.

«Chissà cosa ci avranno messo dentro...»

«Le 3M: mozzarella, melanzane e maionese.»

«Imperdibili.»

La poliziotta interpreta quelle parole come un invito alla conversazione.

«Mercoledì dimettono Roberta.»

Lui annuisce senza replicare. Non era un incoraggiamento.

«Sei più socievole del solito, oggi.»

Botero solleva appena lo sguardo dalla tazzina vuota che ha davanti e pronuncia la frase che pone una pietra tombale su qualsiasi ulteriore possibilità di replica: «Il mondo è pieno di persone socievoli; peccato che rimangano tutte rintanate in casa per non incontrare le altre».

6

Quarantotto primi piani. Volti tesi, stanchi, provati. Ma anche arrabbiati, scocciati, infastiditi. Venticinque donne e ventitré uomini. E un cadavere in smoking steso a bordo piscina. Sotto, scritto a mano su un foglietto, il nome di chi vi è ritratto.

Le fotografie, in formato 10x13, sono fissate con le puntine da disegno sul muro scrostato del bunker. Alla Cortina di ferro l'hanno ribattezzato così, ma si tratta soltanto di una stanza del piano interrato, senza finestre, adibita a sala riunioni. C'è una lavagna dove Botero, in genere, scrive con un gesso giallo. Accanto, un telefono aggrappato alla parete e, nel centro, un tavolone in formica con sei sedie. Nient'altro.

Il commissario cammina leggero nelle sue Church's osservando gli scatti, uno per uno. Il fax ha sputato dieci pagine d'informativa sull'onorevole assassinato che Farina finge di leggere con frenesia, anche se sa che è fatica sprecata. L'Amish le ha già memorizzate ed è impaziente di parlarne. Elvis e Piras, seduti in silenzio, si rilassano e aspettano ordini dopo aver sgobbato come forsennati con gli acidi in camera oscura. Per fortuna di Camilla, dalla questura hanno inviato le informazioni anche via mail, così lei ha avuto tempo di leggerle mentre Botero ascoltava la partita al Fulgor.

«Allora volete sapere chi era la nostra vittima?» chiede il commissario girandosi verso gli altri. È strano per tutti ritrovarsi lì senza Roberta. Sentono che manca qualcosa: la sua presenza mette ordine, rassicura.

L'Amish è pronto ad affrontare la solita coltre di silenzio, invece la poliziotta lo stupisce e prende la parola.

«Vincenzo Greco, classe 1959, ha iniziato la sua carriera politica come consigliere comunale qui a Milano nel 2001, per poi diventare consigliere regionale nel 2003 e, a partire dal 15 marzo 2013, parlamentare. Grande attivista di Comunione e liberazione, fondatore del partito Rinnovamento e responsabilità, è uno dei tre deputati eletti di questa formazione di centrodestra. Esercitava ancora una considerevole influenza in Regione grazie alle amicizie altolocate e a cinque consiglieri. La sua fortuna è legata all'Expo, dove ha svolto un ruolo chiave nella politica regionale, contribuendo in modo significativo all'approvazione della TEEM.»

«Che roba è?» chiede Piras.

Tutti lo guardano come se fosse un extraterrestre, ma Farina si prende comunque la briga di spiegarglielo.

«È la nuova tangenziale est esterna di Milano, TEEM appunto. Una trentina di chilometri che collegano l'autostrada A4 con l'A1, un'opera di raccordo per facilitare l'accesso al sito espositivo di Expo.»

A quel punto Elvis sembra svegliarsi dalla catarsi.

«E Greco cosa c'entra?» domanda.

«Lui ne è stato uno dei grandi fautori. Il primo progetto preliminare venne depositato presso la regione Lombardia nel 2003, insieme a quello dell'Expo. Lui era uno dei firmatari. Nel 2007, dopo varie modifiche e intese con province e comuni si è giunti alla sottoscrizione dell'accordo di programma. Da quel momento il nostro onorevole, col suo delfino, Fausto Grimaldi, attuale assessore ai trasporti e alla viabilità della regione Lombardia, è stato coinvolto in varie controversie legate a presunti appalti sospetti e denunce contro esponenti della 'ndrangheta. Da qui la scorta, che lo proteggeva da ormai sei mesi, cioè da quando gli era stato recapitato un proiettile in una busta. I lavori per la realizzazione della TEEM sono iniziati nel 2010 e si sono conclusi nel 2014, con l'inaugurazione il 23 luglio. È costata una cifra esorbitante: si stima un miliardo e mezzo di euro.»

Elvis emette un fischio. «Ora capisco perché mafia e compagnia bella erano interessate al nostro uomo. Però, non vorrei dire, ma non si è mai sentita la 'ndrangheta che ammazza qualcuno col veleno! In genere una scarica di mitra o una bella colata di cemento e *puff*, il problema scompare.»

«Per ora atteniamoci ai fatti» taglia corto l'Amish. «Camilla, prosegui pure.»

«Greco ha ricoperto il ruolo di vicepresidente della commissione trasporti in parlamento, facilitando l'iter di alcune opere legate all'Expo. Stare a Roma, anche se il suo partito è nel gruppo misto, gli ha permesso comunque di sostenere la TEEM e gli interessi che coltivava a Milano sin dai tempi del consiglio comunale. Si professava cattolico praticante. Andava a messa ogni sabato nella basilica di Sant'Ambrogio, era contro l'aborto e la procreazione assistita. Certo, aveva divorziato dalla prima moglie e si era risposato in municipio cinque anni fa, ma questo non sembra avesse molta importanza per gli elettori.»

«Dio, patria e famiglia» recita Elvis. «Principi adattabili a ciò che fa comodo alla bisogna.»

«Di questa prima moglie cosa sappiamo?» chiede Botero.

«Voltati.»

Lui esegue, permettendo a Camilla di lanciare una ricerca col telefonino.

«Si chiama Ada Mariani. Si è risposata due anni fa e vive a Roma, sua città d'origine, con il nuovo marito, che possiede un autosalone. Ieri sera, stando alle foto che ha postato sui social, erano a cena a Ostia con un gruppo di amici.»

«Quindi la scartiamo» sancisce Piras.

«Era nato a Milano, l'onorevole?» chiede Elvis. «Con quel nome non sembra un Brambilla...»

«No, infatti. Si era trasferito qui con la famiglia quando aveva cinque anni. I genitori erano di Lecce, ma lui era nato alla Casa sollievo della sofferenza di San Giovanni Rotondo.»

«Che si trova in provincia di Foggia e che viene chiamata confidenzialmente "l'ospedale di Padre Pio", perché fondata dal santo» precisa il commissario.

«Che senso ha farsi quasi trecento chilometri per partorire lì? Non c'erano altri ospedali più vicini?»

«La fede, Camilla. Molte famiglie ci vanno apposta perché il bambino nasca sotto una buona stella.»

«Una motivazione religiosa, quindi. Già so che ci andrai a nozze.»

«La religione è un mix di credenze irrazionali e speranze infondate.»

«Ecco qui! Non puoi ridurre tutto alla razionalità.»

«Hai ragione: se potessi essere razionale con la gente religiosa non esisterebbe gente religiosa...»

«In un Paese cattolico come il nostro non lo dire troppo in giro. Ti farai solo odiare.»

«Se nessuno ti odia vuol dire che stai facendo qualcosa di sbagliato.»

Lei scuote la testa e il commissario riprende soddisfatto: «Ci sono altre domande, di preferenza a sfondo non teologico?».

Elvis parla a voce bassa, come per non farsi sentire: «Chi è stato a sparare a Roberta stamattina? Assoldare un cecchino sì che è roba da malavita organizzata».

Botero torna serio. «Lo scopriremo. Adesso, però, prepariamoci: fra poco arriveranno tutte queste persone» dice indicando i volti appesi al muro. «È venuto il momento di ascoltare cos'hanno da raccontare. Anche se so già che ci rifileranno un sacco di balle!»

*

«Non metteteli a loro agio, non assecondateli nei ragionamenti, non lasciategli dire quello che vogliono ma ciò che serve a noi. Infastiditeli il più possibile, irritateli finché si lasceranno sfuggire qualcosa di utile. Intesi? Tanto da questo primo giro non mi aspetto niente. Mi occorre giusto per sondare il terreno e studiare le loro reazioni. Ah, un'ultima cosa, andate subito al punto: tre o quattro minuti al massimo per ognuno, a meno che uno di loro non confessi di essere l'assassino... Non prestate troppa attenzione a quanto dicono, studiamo la prossemica. Ciò che fanno, come si muovono. Su quello è difficile mentire.»

Le regole d'ingaggio dettate dal commissario sono chiare: Camilla ed Elvis si occuperanno degli interrogatori, Piras delle impronte digitali e Botero assisterà allo spettacolo rimanendo dietro lo specchio.

Il suo leitmotiv è sempre lo stesso: i testimoni non sono affidabili. Non ricordano. O ricordano male e finiscono per raccontare balle. L'assioma del commissario recita: "Tutti mentono: l'unica variabile è su cosa".

Il sistema è organizzato come in una catena di montaggio. Identificazione, impronte e passaggio nella saletta per la testimonianza.

«Non fare eccezioni, Dario. Nemmeno per le donne, anche se si lamentano per l'inchiostro sulle dita che rovina la manicure.»

L'operazione viene effettuata alla vecchia maniera. Niente apparecchi elettronici ma un tampone umido e il dito schiacciato sopra un cartoncino, come negli anni Sessanta. Alla fine il materiale sarà inviato alla Scientifica, che lo digitalizzerà per poi inserirlo nell'archivio centrale.

Dopo avergli impiastricciato i polpastrelli e aver fatto accomodare il testimone davanti alla Farina e a Ferrara, Piras entra nella saletta attigua e consegna a Botero un cartoncino con sopra riportato il nome dell'interrogato. All'Amish basta uno sguardo per memorizzarne volto e identità prima di predisporsi all'ascolto.

«Sospettiamo di tutti?»

Non ottiene risposta, così insiste: «Perché mi ignori, commissario?».

«Non ti ignoro, Piras, ti do solo l'importanza che meriti.»

Lui lo guarda senza capire, finché l'altro si rassegna e spiega: «Sì, sospettiamo di tutti».

I primi a passare sulla graticola sono i colleghi della Digos e i due addetti alla security del Savoy, giusto per inquadrare la situazione. Tutti confermano quanto già riferito da Desanctis: al momento del blackout, e quindi del delitto, erano fuori dalla porta. L'assassino deve per forza essere una delle persone all'interno della suite.

Archiviata la pratica con i primi quattro si passa al personale dell'hotel: camerieri e cuoco.

Camilla è nervosa. Sa che con Botero anche le regole più basilari vengono sovvertite. Lo fa apposta e, anzi, è compiaciuto del fatto che tutti quelli che varcano la soglia della stanza appaiano spaesati. Non potrebbe essere altrimenti quando vi chiedono di entrare in una specie di bunker che sembra uscito dalla Seconda guerra mondiale e vi ritrovate con le mani sporche d'inchiostro davanti a un tipo con un ciuffo bizzarro che infila una cassetta in un registratore e preme due tasti insieme, rosso e nero, per iniziare la registrazione della deposizione.

Al party erano presenti politici di vario livello, imprenditori, vip, star televisive, cantanti, ma anche portaborse e segretari.

«Riuscirai davvero a capire se mentono?» chiede Dario mentre un uomo distinto prende posto. Ha un viso noto: forse è uno della televisione, ma non è che all'Alfa siano molto ferrati a riguardo.

«Come tutte le cose è solo questione di studio e allenamento. Certo, un professionista potrebbe eludere queste regole ma, fra i convocati, non mi risulta esserci nessun James Bond.»

«A cosa devo fare attenzione?»

«Vari segnali. I movimenti oculari, per esempio, rivelano molto. Un contatto visivo costante può significare controllo eccessivo. Al contrario, romperlo può indicare nervosismo.»

«Tutto qui?»

«Oh no. Un altro aspetto è la respirazione. Un respiro pesante indica un riflesso nervoso. Le persone tendono a farlo quando sono sotto pressione o cercano di nascondere qualcosa. Poi c'è la postura. Ecco, osserva la posizione della testa: i bugiardi spesso fanno movimenti improvvisi quando vengono colti di sorpresa da domande dirette. Serve per distogliere l'attenzione o guadagnare tempo. Spesso è la gestualità che li frega: chi racconta balle si muove poco perché è troppo concentrato sul contenuto della conversazione. Il tizio che hanno appena finito di torchiare è stato sincero. Passiamo al prossimo.»

Piras esce, rileva le impronte e ritorna con il nome scritto sul foglietto. Stavolta è una donna giovane, aria stanca, occhiaie.

«C'è altro che devo controllare?»

«Certo. Non tanto quello che dicono ma come. Fai attenzione alle pause: le interruzioni prolungate sono sospette, perché potrebbero indicare che la persona sta cercando di elaborare una storia o inventare dettagli. Idem per il tono di voce. Come ho detto, esitazioni o pause potrebbero segnalare menzogne, ma se le parole sono pronunciate con tranquillità è più probabile che siano sincere. Vedi? Questa ragazza lo è stata.»

«Davvero? Ma se ha gli occhi spalancati e sembra tesissima.»

«Non significa che stia mentendo. È la situazione che la stressa: spesso si dice che gli occhi sono lo specchio dell'anima. In generale, se qualcuno guarda a sinistra o a destra, sta a significare che cerca di ricordare o inventa qualcosa al momento. Occhi fissi, come in questo caso, esprimono solo tensione.» Scrive qualcosa sul suo taccuino nero. Poi sentenzia: «Non è stata lei a uccidere Greco».

E avanti così, un testimone dopo l'altro per quasi quattro ore, finché Botero batte sul vetro con le nocche per far capire ai colleghi che è il momento di fare una pausa.

Rimangono ancora sette testimoni in sala d'attesa e di loro vuole occuparsi in prima persona.

*

Elvis e Piras si affacciano dietro lo specchio pieni di curiosità mentre Botero e Camilla si preparano a torchiare il testimone. È stato l'Amish a decidere l'ordine in cui farli passare e loro sospettano che abbia preferito tenere per ultimi quelli a cui, per ragioni sue, tiene di più.

Anche se l'individuo che ha davanti è un politico importante, il commissario parte a testa bassa, diretto e senza convenevoli.

«Avevate litigato, ieri sera, lei e Vincenzo Greco?»

«Prego?»

Fausto Grimaldi sgrana gli occhi. Quarant'anni, faccia pulita senza un filo di barba, capelli corti e nerissimi, occhi chiari, acqua di colonia che impesta l'aria. Assessore regionale ai trasporti nonché delfino del defunto onorevole.

«Le ho chiesto se ha litigato con Greco.»

«Perché avrei dovuto?»

«Me lo dica lei! Quello che sappiamo è che ieri si è tenuto il party dell'anno, cinquanta selezionatissimi invitati. Chiunque avrebbe fatto carte false per esserci, e lei cosa fa? Rimane meno di un'ora e se ne va.»

«Ero stanco.»

Lo sguardo verso il basso non sfugge al commissario.

«Signor Grimaldi, lei è stata l'unica persona a lasciare la festa prima del blackout e dell'omicidio. Non le sembra strano?»

«Mi sta accusando di qualcosa?»

«Io non accuso: traggo conclusioni. Può esserci solo una ragione per svignarsela dal Savoy tanto presto: uno screzio col festeggiato.»

L'altro non replica. Il respiro affannoso.

«Senta» riprende Botero fingendo di consultare il taccuino. Non ne ha bisogno, ma la pantomima serve a tenere l'altro sulle spine. «Abbiamo due testimoni che vi hanno sentito discutere...»

Grimaldi vorrebbe chiedere chi, ma si trattiene e finisce per abboccare.

«Una faccenda da appianare, tutto qui. Solo che avevamo visioni diverse.»

«Per questo avete discusso?»

«Non abbiamo... Ci siamo soltanto un po' scaldati, ecco. Succede, fra compagni di partito.»

«Ora che Greco non c'è più, chi prenderà le decisioni riguardo a ciò su cui non eravate d'accordo?»

Grimaldi abbassa lo sguardo: «Immagino che dovrò farlo io».

«Di cosa si tratta?»

«Una questione legata alla concessione per la gestione di un parcheggio a Rho.»

Sono le ultime parole che caverà da quell'uomo: Botero lo capisce dalla postura rigida e dal capo chino.

«Perché non ha risposto al telefono ieri sera, quando l'abbiamo cercata?»

«Che ore erano?»

«Circa le due» interviene Camilla, giusto per non fare scena muta.

«Dormivo. Sono rientrato in pieno blackout e il cellulare era scarico. Mi sono infilato a letto al buio e mi sono addormentato.»

«Qualcuno può confermare questa storia?»

Ancora un'occhiata verso il basso. «Certo, mia moglie.»

«Perché non l'ha accompagnata al Savoy?»

«Non era fra gli invitati. Vincenzo era fissato coi numeri: non più di cinquanta, pertanto alla festa c'erano molte persone senza accompagnatore. Compreso il sottoscritto.»

«È stato lei a constatare il decesso dell'onorevole, dico bene?»

Fabrizio Zanetti è calvo, mani sottili e dita lunghe. Giacca, cravatta regimental, espressione accigliata.

«Esatto.»

«Il suo campo è la chirurgia estetica, giusto?»

«Corretto anche questo.»

«Bene: è sicuro che l'onorevole Greco fosse davvero deceduto quando l'ha visitato? Voglio dire, lei è abituato a ben altro genere di pazienti...»

Camilla alza gli occhi al cielo mentre il testimone diventa rosso di rabbia. Fargli perdere le staffe, arrivare subito al punto. Niente tatticismi. Botero velocizza la procedura.

«Cosa vorrebbe insinuare? Che non so riconoscere quando uno è morto?»

«Ci riesce?»

«Certo! Voi pensate che dedicandomi tutto il giorno a protesi e silicone non sia in grado di farlo ma vi sbagliate: ho studiato sei anni per diventare medico!»

«Io non penso niente. Chiedo soltanto.»

«No, lei mi offende con le sue insinuazioni!»

«Aveva in cura Vincenzo Greco?»

«No.»

«Allora perché era alla festa?»

«Sono un amico di famiglia.»

Camilla e l'Amish si scambiano un'occhiata.

«Se non è il medico dell'onorevole significa che il paziente è...»

«Vede che c'è arrivato?» lo sferza Zanetti.

Una piccola vendetta che il commissario non raccoglie: gli piace litigare solo quando è lui a scatenare la bagarre.

«Ora è tutto chiaro. Da quanto segue la signora?»

«Da quando c'è stata necessità, diciamo.»

«Che in anni terrestri significa?»

«Una decina.»

Piras ed Elvis si danno di gomito quando fa il suo ingresso Giada Fontana. Bionda, appariscente, labbra rosse e carnose, una Barbie fatta e finita. Abito attillato nero appena sotto le ginocchia, tacchi alti.

Per Botero l'avvenenza non è un buon motivo per andarci leggero. Anzi.

«Signorina, lei era davvero la segretaria dell'onorevole o, come dicono le malelingue, la sua amante e il lavoro solo una copertura?»

La ragazza spalanca gli occhioni blu. «Amante del signor Vincenzo? Certo che no! Come le viene in mente?»

«Ci spieghi: in cosa consistevano le sue mansioni?» domanda Camilla.

«Le solite cose: fissare appuntamenti, prenotare ristoranti, acquistare biglietti del treno e dell'aereo.»

«E ora che è morto cosa farà?»

Scuote la testa, poi scoppia a piangere. Farina le passa un pacchetto di Kleenex. Giada ringrazia e si asciuga le guance. «Non lo so. Non lo so proprio... L'aveva detto, l'oroscopo, che oggi sarebbe stata una giornata terribile!»

Ascoltando quelle parole, sul volto di Camilla compare un sorrisetto malevolo perché immagina già cosa sta per succedere.

«Lei si affida agli oroscopi, signorina Fontana?» chiede Botero con l'espressione del leone al cospetto di una gazzella.

«Certo! Sono del segno dei Gemelli, ed è incredibile come quello che scrivono racconti perfettamente la mia vita...»

«Gli oroscopi sono come le fiabe per adulti; possono essere divertenti da leggere, ma non vanno presi sul serio. Sono buoni solo per chi non ha perduto il controllo della propria vita.»

Giada sbatte gli occhi confusa e l'Amish ne approfitta per cambiare argomento.

«Trovo molto bello il suo rossetto.»

Lei s'illumina e si sfiora le labbra con un dito.

«Le piace?»

«Moltissimo. È un rosso davvero intenso. Posso chiederle la marca? Sa, devo fare un regalo a mia moglie per il nostro anniversario...»

Camilla deglutisce: una balla del genere non l'aveva mai sentita da Botero, che non solo non è sposato – almeno stando a quanto le risulta e a quanto lui ricordi –, ma non ha nemmeno una fidanzata.

La segretaria, invece, sorride civettuola.

«Che pensiero carino, commissario! Si chiama Rouge Dior, non può sbagliare.»

Lui finge di prendere nota sul taccuino nero. «Grazie, signorina. Può accomodarsi, abbiamo finito.»

Il testimone seguente è Rocco Talarico. Non sorride, non si mostra disponibile e si pulisce con malcelato fastidio i polpastrelli con un fazzoletto di carta. Rughe profonde, capelli corti, grigi e ricci. Occhi penetranti, nerissimi, naso importante.

Si siede e fissa negli occhi Botero, in silenzio.

Camilla ne è subito intimidita e si compiace del fatto che non dovrà essere lei a porre le domande.

Talarico ha precedenti. Si è fatto sei anni di carcere una vita fa e ora sembra essersi riabilitato. Di professione: imprenditore edile. Mani curate, senza calli. Nei cantieri, visto il completo blu molto elegante, probabile che ci vada solo per dirigere i lavori. È rasato di fresco e porta un profumo costoso.

«Ci spiega cosa faceva uno come lei ieri sera al party dell'onorevole Greco?»

Un *jab* dritto al mento, tanto per cominciare.

«Uno come me?» chiede sollevando un sopracciglio. Ha un forte accento calabrese nonostante risulti residente a Milano da più di vent'anni.

«Uno affiliato alla 'ndrangheta, intendo.»

L'uomo stringe gli occhi. Sembra un pitbull pronto all'attacco.

«Ho pagato il mio debito con la giustizia. Ora sono pulito e lavoro onestamente. Se così non fosse non mi avrebbero affidato nessun appalto per l'Expo.»

«Esistono i prestanome e mille scappatoie legali per aggirare i regolamenti.»

«Cosa vuole chiedermi, commissario?»

«Aveva motivi per ammazzare l'onorevole?»

L'altro scuote la testa e lo fissa dritto negli occhi. Braccia e mani immobili. È calmo, padrone della situazione.

«Nessuno.»

«Lei e la sua azienda avete incassato mazzette per la realizzazione della TEEM e delle opere correlate?»

«No.»

«Me lo direbbe?»

La risposta è un sopracciglio sollevato.

«Posso andare adesso?»

«Ancora una cosa, Rocco: hai mandato tu un cecchino a farci la posta davanti alla Cortina di ferro?»

Il calabrese rimane impassibile. Non è il tu che lo urta, ma il tono. Sulle labbra compare un mezzo sorriso, che si spegne subito. Poi si alza ed esce dalla stanza, senza rispondere.

«Guarda» indica Elvis attraverso il vetro. «Questo è un esempio da manuale.»

«Di cosa?»

«Di uno agitato che non sa che pesci pigliare. Botero lo farà a pezzi.»

Alessandro Barbieri suda. Quasi trema, quando si siede davanti al commissario e alla Farina. Ha la fronte bagnata, gli occhi gonfi di chi ha pianto per molte ore, il nodo della cravatta allentato. È giovane, meno di trent'anni. Curato nel vestire.

«Cosa fa di preciso un portaborse?»

«Be', ci occupiamo...»

Ha una voce sottile, flebile.

«Non mi interessa, in realtà» lo interrompe brusco Botero. «Mi dica piuttosto come sbarcherà il lunario ora che il suo datore di lavoro è morto.»

Barbieri sospira e abbassa la testa. Inizia a singhiozzare. «Io... non lo so! Non lo so! Perché l'hanno ammazzato?»

L'Amish non risponde e Camilla passa al ragazzo un fazzolettino. Ormai è una specie di hobby per lei.

«Dove si trovava durante il blackout?»

«Nel salone, con gli altri ospiti.»

«Non a bordo piscina?»

«Forse anche a bordo piscina. Non sono rimasto fermo.»

«Ma se era buio! Come è riuscito a spostarsi?»

«Avevano acceso delle candele, c'era un'atmosfera strana.»

«Ci si vedeva o no?»

«Vicino alle candele sì, altrimenti si percepivano solo delle ombre.»

Botero annuisce, come se avesse finito le domande. Rimane in silenzio, prima di un altro affondo: «È stato lei ad avvelenare l'onorevole?».

«Io?» Barbieri, incredulo, scoppia di nuovo a piangere. «Certo che no! Adesso cosa farò senza lavoro! Senza prospettive...»

Sospirando, Farina gli passa un pacchetto nuovo di fazzolettini e gli fa segno di tenerseli.

«Ora può levare il disturbo» ordina il commissario, e l'altro esce con il volto ancora sconvolto dal pianto.

«Hai notato le sue mani?»

Camilla scuote la testa. «No, cos'avevano di strano? Erano nere come quelle degli altri per via del tampone...»

«Lascia perdere.»

«Cos'avevano?»

Il commissario non l'ascolta più: si è piegato a scrivere sul taccuino.

Lei, allora, sbotta in modo che lui la senta: «Che uomo odioso!».

Gli occhi di Camilla s'illuminano quando entra il testimone successivo: un ragazzone alto, sui vent'anni, spalle larghe, mandibola volitiva, occhi verdi e capelli biondo cenere.

Farina ha visto le foto sui giornali e seguito le sue gesta atletiche in tv: Matteo Ferrari è campione italiano di nuoto nei cento metri stile libero. Con l'accappatoio, alle tre del mattino, non l'aveva notato ma ora, col maglione attillato a collo alto che ne mette in risalto i muscoli, attira decisamente la sua attenzione.

Per l'Amish, invece, è solo un altro pungiball.

«Sicuro che quando si è tuffato in acqua l'onorevole fosse già morto?»

Il ragazzo aggrotta la fronte. Le mani si aprono e chiudono con frenesia.

«Non ho capito cosa mi sta chiedendo...»

«Allora glielo scandisco meglio: Greco era morto quando l'ha raggiunto in piscina?»

«Sì, cioè, credo. Non si muoveva e galleggiava a faccia in giù. L'ho afferrato e portato sul bordo, dove c'era quel medico...»

«Magari l'ha tenuto sotto con la testa di proposito.»

«Scherza?»

«Certo, sono in piedi da prima dell'alba per mettermi a fare battute con lei. Sto proprio scherzando! Mi faccia il piacere: si levi di torno!»

Francesca Rinaldi è bella e appariscente. Meglio ancora, è la copia perfetta dell'amante del marito, solo con vent'anni di più. Abito scuro, tacchi alti. Stesso rosso fuoco sulle labbra. Sorelle sfalsate di un paio di decadi, se non fosse per qualche traccia di botox e filler a stirare le rughe che rende subito chiaro a Botero il ruolo del dottor Zanetti.

Una donna decisa che, prima di sedersi, si sporge per stringere la mano sia a lui che alla Farina. L'unica che l'abbia fatto. Botero apprezza il gesto e assapora il profumo dolce della donna. Per venire a testimoniare si è messa in ghingheri. La pelle della mano è morbida e, come constata annusando la propria, sa vagamente di cocco. Manicure perfetta, unghie scarlatte in pendant con le labbra.

«Non sembra distrutta dalla perdita.»

«Ognuno reagisce a modo suo, commissario. Vuole che pianga e mi strappi i capelli?»

«Non sono molto arrossati i suoi occhi...»

«La faccia finita!»

«Facciamola semplice invece: è stata lei ad avvelenarlo?»

«Semplice e diretto, vedo.»

«Allora?»

«No. Perché avrei dovuto? Essere la moglie di un deputato ha i suoi vantaggi, sa? Soldi, viaggi, privilegi. E lui tre giorni alla settimana fuori dai piedi, a Roma.»

«Quindi sta dicendo che non avrebbe avuto problemi ad ammazzarlo ma non era il momento?»

La Rinaldi sorride: denti perfetti, bianchissimi. «C'è il divorzio in Italia, ricorda? O è rimasto fermo agli anni Sessanta come le sue basette?»

Botero resta impassibile, mentre Farina si volta per sbirciarne la reazione.

«Il vostro matrimonio era in crisi?»

«Niente affatto: tutto andava per il meglio. Non volevo divorziare e non l'ho avvelenato. Non mettetemi in bocca cose che non ho detto. So che sospettate sempre della moglie, ma stavolta siete fuori strada.»

«Ha idea di chi possa averlo ucciso?»

Sulle labbra scarlatte della donna compare un sorriso amaro. «Sapete quante persone ha scontentato Vincenzo in vent'anni da politico? Su quanti cadaveri, metaforicamente parlando, è passato per raggiungere i propri scopi?»

«Quanti?»

«Non basterebbe una giornata per elencarli tutti. C'è solo l'imbarazzo della scelta.»

«Lei lo amava?»

Francesca chiude gli occhi e sospira. «Abbiamo finito? Sono piuttosto provata, come potete immaginare...»

«Certo, signora, e proprio per confortarla saremmo felici di accompagnarla a casa.»

«Sono in auto, grazie comunque.»

«Insistiamo.»

7

Camilla tiene gli occhi incollati ai fanali del suv di Francesca Rinaldi, che procede a velocità sostenuta. Più che accompagnarla, la inseguono.

«Guida come se fosse sul circuito di Monza, la nostra vedova!»

Qualche minuto e giungono a destinazione: un edificio di via Carducci che assomiglia a un castello medievale. Pieno centro, si attraversa la strada e si arriva alla basilica di Sant'Ambrogio.

«Che roba! Sembra una fortezza...»

«Si chiama castello Cova» recita Botero attingendo al suo bagaglio di conoscenze enciclopediche.

«Ma è antico?»

«No, è stato costruito tra il 1910 e il 1915, su progetto di Adolfo Coppedè, per conto di Novalinda Viviani Cova. Come vedi è in stile neomedievale: sembra un edificio eretto mille anni fa. Anche i materiali ce lo ricordano: mattoni, decorazioni in pietra bianca. Per non parlare della chicca che svetta sopra i suoi cinque piani, una torre con merlate guelfe!»

Entrambi osservano ammirati e col naso all'insù quella strana costruzione.

Quindi, nonostante ormai faccia buio, il commissario infila gli occhiali scuri, dato che non sa cosa potrà trovare oltre il maestoso portone davanti al quale li aspetta la Rinaldi.

L'onorevole e la moglie vivevano in un grande appartamento al terzo piano del castello. Tre bagni, tre camere da letto, una cucina, uno studio, un luminoso salone che affaccia su un loggiato coperto da dove si vedono la basilica di Sant'Ambrogio e l'Università Cattolica.

La donna non dedica molta attenzione ai due poliziotti.

«Immagino vogliate dare un'occhiata in giro, giusto?»

«Se non le dispiace.»

«Non dovreste avere un mandato o qualcosa del genere?»

«Qualcosa del genere, sì. Ma se lei non ha nulla da nascondere apprezzeremmo se ci lasciasse controllare le cose di suo marito. Altrimenti chiamiamo il magistrato e rimaniamo qui finché ci invia l'autorizzazione. Meglio se risparmiamo tutti tempo, no? Magari troviamo qualche traccia che ci porterà al suo assassino.»

«Fate pure, ma cercate di non rompere niente, d'accordo? Io ho solo bisogno di bere qualcosa di forte.»

Non chiede e non offre, si toglie il cappotto e lo getta su una poltrona, poi si avvicina al mobile bar.

«Da dove iniziamo?» chiede Camilla.

«Dalla cucina.»

Botero non si risparmia: apre il frigo, la credenza, fruga nei cassetti. Fa anche scorrere il cestello della lavastoviglie.

«Ma sono sporchi!»

Non se ne cura, ignora i piatti unti e si concentra su

un bicchiere basso, in vetro semplice. Lo solleva, lo osserva in controluce e lo avvicina al naso.

«Sa di mandorle amare pure quello?» ironizza Camilla.

Lui scuote la testa e, dopo averlo rigirato ancora un attimo fra le mani, lo ripone dove l'ha preso. Esegue la stessa operazione con un altro bicchiere, dopodiché si ritiene soddisfatto.

«Vediamo il salone.»

La Rinaldi, ora, è seduta sul divano in pelle. Sorseggia il suo drink con gli occhi fissi sul cellulare. Il commissario distoglie lo sguardo per evitare sorprese epilettiche. Si avvicina a una libreria, dove sono esposte in bella mostra una fila di cornici d'argento. Contengono foto della vita dei coniugi: il matrimonio a Palazzo Reale, loro due a Venezia. In altre compare solo l'onorevole: in una al suo primo giorno a Montecitorio, nella seconda è giovane ed è vestito da chierichetto. Botero riconosce la chiesa.

«Suo marito ha studiato dai salesiani?»

«Sì, al Don Bosco. Diceva che hanno fatto di tutto per fargli prendere i voti ma lui ha resistito.»

«Era uno molto devoto, però.»

«A suo modo sì.»

Lo testimoniano altre immagini, dove lo si vede, ormai sui trent'anni, ritratto insieme a papa Wojtyła e con il vescovo di Milano a un evento promosso da Comunione e liberazione, come si nota dallo stendardo sullo sfondo.

«La vostra camera è di là?»

«Le *nostre* camere. Dormivamo separati: Vincenzo russava come un trattore e m'impediva di chiudere occhio.»

«Allora c'era davvero un divorzio in vista!»

«Gliel'ho già detto e glielo ribadisco: no! E la pianti con queste illazioni!»

Botero, però, non demorde.

«Era una storia finita e stavate insieme per salvare le apparenze?»

«La smetta! Ho solo detto che russava! Ci sono migliaia di coppie che dormono separate!»

Camilla cerca lo sguardo del commissario per interpretarne i pensieri, ma lui è sfuggente.

Nella zona notte ci sono due stanze gemelle, una di fronte all'altra, con bagno privato in entrambe. Entrano in quella di sinistra. Sulla parete, sopra al letto, una grande riproduzione delle *Ninfee* di Monet.

Nell'aria galleggia una fragranza al muschio bianco. Copriletto arabescato dal fondo turchese con lenzuola di cotone color crema.

Su un comodino, accanto a un romanzo di Sveva Casati Modigliani, c'è uno scrigno portagioie con dentro diverse paia d'orecchini.

«Questa è senza dubbio la stanza della signora» commenta Camilla. Botero si limita ad aggrottare le sopracciglia.

Sull'altro comodino c'è un manuale riguardante gli effetti benefici dei fiori di Bach.

«Non è strano, per una donna che dorme sola, cambiare lato del letto e anche genere letterario?» osserva Farina.

L'Amish apre l'armadio e, da uno dei cassetti, recupera due paia di reggiseni di pizzo, che osserva con curiosità. Sta per annusarli ma un'occhiata assassina della collega gli suggerisce di desistere.

«Lasciami dare un'occhiata in bagno, poi controlliamo l'altra stanza.»
«Basta che non ti spruzzi il profumo!»

Nella camera dell'onorevole non ci sono quadri. Copriletto blu con lenzuola dello stesso colore. Un orologio d'oro appoggiato su un comodino accanto a un tablet. Sull'altro, niente.

«Lui non cambiava lato, a quanto pare» osserva Camilla.

Botero gira intorno al letto e si inginocchia per guardarci sotto. Allunga il braccio e pesca un libro, un romanzo giallo di Giorgio Scerbanenco dal titolo *Traditori di tutti*.

«Questo è sicuramente caduto dal comodino.»

Non si sofferma a pensarci più di tanto: entra nel bagno. Spazzolino, rasoio elettrico di ultima generazione, deodorante, profumo vicino al lavandino, shampoo e bagnoschiuma nella doccia. Le solite cose che ci si aspetta di trovare nella toilette di un uomo. Controlla anche i cassetti: schiuma da barba, saponi, lamette, dopobarba, asciugamani di ricambio e un secondo rasoio elettrico. Lo prova. Funziona, proprio come l'altro.

«A quanto pare non voleva correre il rischio di rimanere con la barba non rasata» commenta la poliziotta, sbirciando da sopra la sua spalla.

Lui annuisce e ritorna nella stanza, dove spalanca l'armadio.

«Non ci troverai reggiseni lì dentro.»

Cinque giacche da uomo, cinque camicie, cinque completi e, sotto, cinque cravatte di Marinella.

«Era uno preciso e ordinato, il nostro onorevole.»

«Così pare» conferma Botero.
«Ora che si fa?»
«Leviamo le tende. Io torno a casa a piedi. Riposati, oggi è stata dura. Ci vediamo domattina alla Cortina di ferro.»

*

Camilla rincorre con gli occhi la riga nera sul fondo. La fissa attraverso gli occhialini dalle lenti azzurrate, bracciata dopo bracciata. Nonostante la giornata lunghissima non rinuncia alla piscina: cinquanta vasche. Una disciplina che si impone almeno due volte a settimana. Non lo fa solo per tenersi in forma e alleggerire lo stress; nuotare l'aiuta a concentrarsi, a focalizzare le priorità e, soprattutto, a pensare. Vasca dopo vasca segue quella linea come sotto ipnosi. Se le accade non esiste più niente intorno: acqua, corsie, altri nuotatori. A volte le è perfino successo di mettere insieme tutti i pezzi e risolvere un caso, mentre nuotava. Stasera, però, non succede. Quando infila l'accappatoio ha le idee più confuse di quando si è tuffata. E un'unica certezza: "Ho parlato con l'assassino". È il pensiero ossessivo che le martella in testa. Una convinzione derivata dalla statistica: ha interrogato tutti i partecipanti alla festa e uno di loro ha di certo avvelenato l'onorevole.

Ha fissato negli occhi il male senza riconoscerlo. Questo non la stupisce: decine di assassini che ha incontrato in carriera avevano volti banali, sguardi sinceri, atteggiamenti insignificanti. Non c'è un cartello appeso al collo di queste persone con sopra scritto: "Sono un omicida".

E come sempre, Botero l'ha stupita. Ha badato più a provocare i testimoni che a cavargli informazioni, convinto com'è che gli avrebbero comunque mentito. Non ha fiducia nella gente, perciò si limita a impressioni o suggestioni che lo possano mettere sulla pista giusta.

"Prima troviamo le prove" ripete sempre. "Le chiacchiere verranno dopo."

Stavolta, però, Camilla è scettica: sono alle prese con un caso che il giorno dopo sarà sulle prime pagine di tutti i giornali e non hanno nessun sospettato credibile. Nemmeno una pista, giusto un'idea approssimativa della situazione, e questo, per il momento, sembra che all'Amish possa bastare.

*

Duca spicca un balzo e salta in braccio al suo padrone. Consuelo sorride: ha aperto la porta e il meticcio è subito scattato verso Botero, ben felice di lasciarsi leccare il viso.

«Non ti aspettavamo» lo accoglie la sudamericana. «Catturato il cattivo?» Lo chiede ma non le interessa davvero.

«Magari domani. Grazie per esserti occupata di lui.»

Lei saluta con la mano e richiude.

Due minuti e il commissario è sdraiato sul divano del suo appartamento, sfinito dopo aver camminato per chilometri a piedi e aver salito e disceso centinaia di gradini.

«Questa cosa sta diventando una maledizione» sussurra al cane accucciato sul tappeto. Ogni tanto gli parla e quasi si stupisce che lui non risponda.

Rimane immobile con gli occhi chiusi. Non pensa al caso, ha bisogno di ricaricarsi, di distogliere l'attenzione dall'onorevole morto per poi tornare a concentrarsi quando sarà più tranquillo.

Si alza e cerca un vinile fra le decine che possiede. È dal mattino che una strofa gli gira in testa, dal blackout che ha spento e riacceso la città. Trova il disco e lo appoggia sul piatto.

La voce di Lucio Dalla, con la sua inconfondibile estensione vocale, riempie la stanza. Una canzone che racconta la città: Milano.

Non ricorda quando ha comprato quel vinile, forse è il regalo di qualcuno. Chissà. Non ci pensa più di tanto anche perché lo stomaco, dopo tutte quelle ore, reclama il suo compenso. Controlla frigorifero e dispensa. Ha un'idea precisa della cucina che si può riassumere in un semplice principio: non basta nutrirsi. Visto che lo fa una sola volta al giorno, deve essere un'esperienza gratificante. Soprattutto perché compiuta in solitaria: non gli piace mangiare con gli altri, vederli masticare, dover conversare di sciocchezze mentre ci si pulisce il mento unto con il tovagliolo. L'ennesima forma di difesa che ha elaborato per proteggersi dal mondo.

Come fa sempre pesca una ricetta dalla sua personale bibbia culinaria che tiene accanto ai fornelli, il *Cucchiaio d'argento*. Un'edizione del 1975, fin troppo recente per quello che deve farci. Gli ingredienti a disposizione sono pochi: uova, un peperone non troppo fresco, una cipolla, burro, pepe e dei cubetti di pancetta la cui data di scadenza è pericolosamente vicina. La ricetta la ricorda a memoria, ma si impone comunque di scorrerla, almeno per godere dell'odore della carta e della foto che ritrae il piatto da preparare: uova alla piemontese. Prima di mettersi all'opera si versa un bicchiere di Dolcetto d'Alba che ben si accompagna alla pietanza.

Quando è pronto mangia con calma, in silenzio, solo la musica in sottofondo a addolcire l'atmosfera. Quindi, dopo aver lavato i piatti e rassettato, torna a stendersi sul divano, in silenzio. Il disco di Dalla gira ormai a vuoto sul piatto, ma non se ne cura. Sa che non chiuderà occhio; non dorme mai quando lavora a un'indagine, un'altra maledizione. Rimane immobile, lascia che il corpo si rilassi e la sua mente torni al caso. Tutto perfetto per cinque interi minuti, finché il telefono squilla.

*

Il buio cancella tutto.

Negozi chiusi, serrande abbassate. Nessuno bada al cadavere infilato dentro a un sacco per la biancheria, di quelli utilizzati negli hotel. I due uomini lo trasportano su per le scale ripide e lo ficcano nel bagagliaio di una Fiesta grigia tutta ammaccata.

Chen si avvicina e controlla che sia ben chiuso. Non vuole sorprese e, per mimetizzare il corpo, lo ha coperto di asciugamani.

Quando è soddisfatto si gira verso gli altri due, Wu e Li: «Sapete dove farlo sparire, giusto?».

Loro piegano la testa in avanti in sincrono, poi salgono a bordo e partono.

Quando l'auto è lontana, Chen torna di sotto e accende il computer portatile. L'odore acre della candeggina punge le narici: hanno ripulito la cantina da cima a fondo finché non è rimasta nemmeno una goccia di sangue.

Si avvicina a una pila di cartoni e ci infila la mano. Deve sporgersi, ma alla fine riesce a recuperare una telecamera, che collega al laptop. Scarica i filmati e fa partire il video. La registrazione mostra un uomo dal fisico atletico. Indossa un berretto di lana, un completo scuro sotto a un giaccone e uno zainetto sulle spalle.

La registrazione si interrompe quando va via la luce, ma per Chen è sufficiente: ne ha abbastanza per mettersi sulle tracce del killer. Il quartiere è monitorato da decine di occhi elettronici e, ora che sa chi cercare, non sarà difficile ricostruire le sue mosse e individuarlo, perché, se è vero che a Chinatown non si muore mai, è altrettanto vero che nessuna offesa resta impunita.

*

«Buonasera signore, sì, l'ho appena sentito.»

Desanctis è uno straccio. Afflosciato sulla poltrona di casa, non è riuscito a riposare un momento dopo la levataccia. Il telefono ha suonato per tutto il giorno ed è già la terza volta che ricarica la batteria. Anche adesso il filo è collegato alla presa mentre relaziona il questore sullo stato delle indagini.

Sceglie con cura cosa dire perché, dopo aver parlato con l'Amish, è più preoccupato che sollevato. Botero gli ha riferito degli interrogatori e anche dell'esito della perquisizione informale a casa Greco.

«Cosa sarebbe una "perquisizione informale"?»

«La signora ci ha permesso di dare un'occhiata in giro senza bisogno di scomodare un giudice.»

«Non aveva nulla da nascondere, quindi.»

«Tutti abbiamo qualcosa da nascondere. Basta solo capire cosa e dove.»

Il capo della Mobile aveva sospirato.

«Chi è il cattivo della faccenda?»

«Non ne ho idea. Per ora sto depennando dalla lista dei sospetti quelli che non avevano nessun interesse a uccidere l'onorevole.»

«Sembra un lavoro lungo.»

«Non ci metterò molto.»

«E del cecchino che ha sparato alla Cattaneo cosa mi dici?»

«Un fantasma che non ha lasciato tracce. Ma non significa che non lo troverò.»

La frase da film americano aveva tranquillizzato Desanctis che, però, adesso si trova nella spiacevole condizione di dover confessare al questore che non hanno nessuna pista concreta da seguire.

*

Sonno zero, come previsto.

Per fortuna Botero ha affinato delle contromisure; strategie e operazioni messe a punto per impiegare il tempo in maniera proficua. Una è farsi la barba.

Niente rasoio elettrico. Se ha fretta adopera le lamette usa e getta con la schiuma in barattolo, ma quando vuole fare le cose per bene, e coccolarsi, allora passa al livello superiore: il rasoio a mano libera. Ne possiede uno, ereditato dal nonno paterno, con lama in acciaio e impugnatura in ebano. Lo tiene talmente affilato che non si stupirebbe di ritrovarlo su una scena del crimine, usato per tagliare la gola a qualcuno.

Prepara con calma la schiuma, mescolando il sapone in una ciotola con il pennello di setole di tasso. Quando è pronta la stende sul viso mentre l'acqua caldissima scende dal lavandino e appanna lo specchio. Da lì in avanti è piacere puro: la lama scivola sulla pelle, con lentezza, seguendo il profilo del viso. Lo rilassa e gli permette di non pensare ad altro, solo a concentrarsi sulla rasatura.

Quando finisce è sveglio come un grillo, così recupera il guinzaglio appeso al gancio e si dirige verso la porta.

«Ti va una passeggiata?»

Il meticcio dal pelo lungo e bianco come il latte si solleva indolente sulle quattro zampe e segue il padrone sul pianerottolo.

Giù, in strada, la notte è serena. Niente pioggia, e freddo sopportabile. Anche i portici di via Vittor Pisani, quasi deserti la notte precedente, si sono ripopolati della loro consueta umanità: ai piedi del colonnato, fra serrande abbassate e tavolini incatenati alle sedie, una stesa di sacchi a pelo, cartoni e tende da campeggio colorate. I senzatetto della metropoli.

A ridosso di piazza della Repubblica, in piedi accanto a un'aiuola, si imbatte in una sua vecchia conoscenza. Barba grigia arruffata, vestiti laceri, età avanzata e sorriso con parecchie finestre.

«Buonasera, signore. Ce l'ha una moneta?»

Il vecchio non lo riconosce, anche se loro due hanno una storia. Peccato che nemmeno il commissario se ne rammenti. L'unico che la conosce davvero è Duca, che si avvicina all'uomo e gli spinge il muso fra le mani luride per farsi accarezzare.

Il clochard appartiene al suo passato: il cane era stato il suo cucciolo, un secolo prima. Ogni volta Botero si sorprende di quelle feste e non ha mai cercato di spiegargli che quel muso umido era stato per un anno il suo inseparabile compagno di strada. Non lo fa perché neanche lui ricorda di quando l'aveva adottato: glielo ha raccontato Domenico e ogni notte, quando lo incrocia, cerca di visualizzare la scena. Non ci riesce neppure stavolta.

Il cucciolo bianco era destinato al canile perché il clochard era stato giudicato inadatto a occuparsene; il commissario, allora, lo aveva portato a casa e, da quel momento, non si erano più separati.

Passa una banconota da cinque euro all'uomo, che ringrazia con un piccolo inchino.

«La notte scorsa non c'era quasi nessuno da queste parti» osserva Botero.

Il barbone si stringe nelle spalle. «Con la pioggia siamo andati tutti al rifugio. Tranne quelli coi cani, perché non ce li vogliono. E pensare che loro sono meglio di tante persone» dice accarezzando con entrambe le mani il muso di Duca, che ricambia leccandogli le dita.

«Da queste parti è successo di tutto.»

«Davvero? Io ho dormito come un bambino! A lei cosa è capitato?»

L'Amish vorrebbe controbattere che le persone che dicono di dormire come bambini di solito non ne hanno uno, ma si trattiene.

«Un disastro al Savoy, l'hotel qui vicino.»

«Ah sì? Cosa, di preciso?»

«Hanno ammazzato un deputato.»

Il clochard si fa serio. «Be', in questo caso possiamo dire che si è trattato di una morte onorevole.»

Quando finisce di parlare non riesce a trattenersi e scoppia a ridere mostrando la povera dentatura. Il commissario lo imita e, col sorriso ancora sulle labbra, riprende la passeggiata notturna insieme a Duca.

8

L'ospedale San Paolo è un casermone anni Sessanta incastrato fra via Famagosta e la tangenziale. Sembra uscito da un film di Alberto Sordi, così come la stanza che Roberta divide con una signora ottuagenaria mezza sorda. Anche se la camera non è dotata di tutti i comfort, dispone di un bagno riservato. Lo specchio è piccolo e illuminato male. Truccarsi è possibile ma farsi i boccoli risulta un'impresa. Per fortuna, un'infermiera gentile, con cui è entrata subito in sintonia, le ha portato da casa il suo arricciacapelli e ora, dopo che le hanno provato la febbre, è lì che lotta con l'acconciatura. Il motivo è sempre lo stesso: Botero.

È pronta a scommettere che passerà a trovarla. Deve.

Non sbaglia. Se lo trova lì alle sette in punto, impeccabile nel suo trench. Gli occhi verdi brillano, felici di vederla.

Lei è sul letto, pettinata e truccata, ma finge di essersi appena svegliata.

«Buongiorno! Che sorpresa!»

Lui si avvicina e la bacia sulle guance. Ha portato dei fiori. La prima volta in assoluto che gliene regala e, già solo quel gesto, la commuove.

Lotta per non piangere – il mascara! – e si sforza di

sorridere. L'infermiera sua complice arriva con un vaso di plastica e le strizza l'occhio mentre lui è di spalle.

«Sono bellissimi, grazie.»

«Non è niente.»

«Hai l'aria stanca.»

«Non ho dormito molto stanotte.»

«Per niente, vorrai dire.»

Lui scrolla le spalle. «Tu, invece, come stai?»

Roberta solleva il braccio fasciato. «È andata bene, è solo una piccola ferita di striscio. Mercoledì mi dimettono. Domani fanno uscire anche la mia compagna di stanza. I letti servono, ci sono persone che ne hanno più bisogno di me.»

Lui non replica e Roberta, visto che il momento di romanticismo con i fiori è stato archiviato, torna a parlare di lavoro.

«Hai scoperto chi è il cecchino che mi ha sparato?»

Diretta, brutale, come piace all'Amish.

«Non ancora. Dalla questura hanno mandato delle squadre a interrogare gli inquilini dei palazzi adiacenti nella speranza che qualcuno abbia notato qualcosa.»

«E tu credi che non servirà, giusto?»

Botero scuote la testa.

«Pensi sia stato lui a spararmi?»

I loro occhi s'incontrano. Il verde di quelli del commissario la travolge. Ma è un verde opaco, sta pensando. È lontano.

«Chiunque sia lo troverò, è una promessa.»

Lo dice fissandola con intensità. Il suo sguardo è un tuffo al cuore, i battiti accelerano, le gote avvampano. Si è sporto ed è vicinissimo.

«Buongiorno, interrompo qualcosa? Spero di no!»

La voce squillante è di Camilla. Botero si raddrizza di scatto imbarazzato e Roberta riserva alla collega un'occhiataccia. L'idillio si è rotto.

Farina sorride compiaciuta. Sottobraccio tiene una pila di riviste.

«Come stai, Roberta? Ti ho portato qualcosa da leggere per passare il tempo mentre sarai costretta a stare a letto.»

Lei ringrazia a denti stretti. Le due donne si fissano come avvoltoi che hanno puntato la stessa carogna.

«Ti avrei preso un romanzo» aggiunge la poliziotta sedendosi sull'unica sedia accanto al letto, «ma mi sono resa conto che non so cosa ti piace. Sai, regalare un libro è pericoloso se non si conoscono i gusti di chi lo riceverà.»

«Potevi risparmiarti lo sforzo, tanto dopodomani mi rimandano a casa!»

Nella stanza è sceso il gelo. Il commissario si è allontanato e ha raggiunto la soglia. Al suo fianco compare l'infermiera che ha aiutato Roberta a farsi bella.

«Quindi era per lei...»

«Mi scusi?»

«Non si è reso conto che si è preparata per un'ora solo per incontrarla? Il trucco, i capelli... E scommetto che non le ha fatto nemmeno un complimento! Sembra una diva del cinema, invece che una degente dell'ospedale!»

Botero stira un sorriso forzato e sussurra: «Noi uomini siamo sempre come bambini davanti al prestigiatore: il trucco non lo vediamo».

*

Domenico Nisticò è nervoso mentre la guardia controlla i documenti. Suo fratello Salvo gli sta accanto a testa bassa, in silenzio. Si dondola sui piedi. Sono alla sbarra di un enorme parcheggio circondato da alberi spogli e capannoni grigi, in via Messina, zona Bullona. Alzando lo sguardo, oltre il muro di cinta, si vedono le punte delle cappelle votive e delle tombe in marmo del cimitero Monumentale.

L'agente che controlla la patente e il libretto è tranquillo. Apprezza la calma dei Nisticò, dato che lì, di persone incazzate, ne passano parecchie.

Il loro Ducato è stato rimorchiato fin lì con il carro attrezzi appena l'acqua è defluita dal sottopassaggio e oggi sperano di recuperarlo.

«Tutto in regola» dice l'uomo riconsegnando i documenti a Domenico, che accenna addirittura un sorriso.

La sbarra si alza ed entrano nel piazzale. Individuare il furgone non è difficile: bianco e sporco di fango fino a un metro d'altezza, dove era arrivata l'acqua.

«Avanti, metti in moto.»

Salvo sale a bordo e infila la chiave, ma di avviarsi il motore non vuole proprio saperne.

«Non parte» annuncia dopo una decina di tentativi a vuoto. «Ora che si fa?»

Domenico, al solito, ci riflette. Lui è più uno da pistola e sberle, trovare soluzioni a problemi di altro genere non gli è congeniale. Neppure Salvo è un'aquila.

Così rimangono immobili, incerti sul da farsi.

«Chiamiamo un meccanico?»

«Prima controlliamo se dietro è tutto a posto.»

L'unica cosa preziosa di quel furgone è il carico. Salvo spalanca le ante posteriori e scarica una cassa di birra. Contiene quindici bottiglie da 66 cl. Non vogliono certo bersi un goccio, bensì controllare che, all'interno, tutto sia a posto. Ne sollevano una e sbirciano dietro l'etichetta dove, immerso nella bevanda, è incollato un sacchettino pieno di polvere bianca. A prima vista non si nota ma osservando da sotto si capisce che dentro c'è qualcosa.

L'agente della polizia municipale Gennaro Rizzo non ha mai sparato un colpo di pistola in vita sua. Fino a oggi. Quando scorge i due uomini che, anziché prendere il loro veicolo e andarsene, si mettono a scaricare merce sul cemento, si agita, visto che è assolutamente vietato dal regolamento.

«Ehi, voi due! Guardate che non potete...»

Salvo, appena lo sente urlare, viene preso dal panico: la bottiglia gli sfugge di mano, cade a terra e si frantuma in mille pezzi.

«Cretino! Guarda cos'hai combinato!»

Non c'è tempo per altri rimproveri perché il poliziotto sta camminando veloce verso di loro e urla sempre più forte.

«Dobbiamo scappare, Salvo!»

«Prendiamo le bottiglie, almeno.»

«E come facciamo? Ce la diamo a gambe trasportando quaranta casse di birra?»

I due fratelli si mettono a correre e Rizzo prova a inseguirli, ma hanno troppo vantaggio. Allora tenta la mossa disperata: estrae la pistola, scarrella e spara un colpo d'avvertimento in aria, che risuona sordo nel piazzale.

I Nisticò non si fanno intimidire: è tutta la vita che in Calabria gli sparano addosso. Non accennano nemmeno a rallentare, sembrano due gazzelle: s'infilano sotto la sbarra e, un istante dopo, si sono dileguati.

Rizzo rimette la Beretta nella fondina e si avvicina al furgone. Osserva la cassa posata a terra: prende una bottiglia e la solleva. La scuote e si accorge che c'è qualcosa di strano all'interno. Poi abbassa lo sguardo e vede i vetri sull'asfalto. Si piega e nota una specie di pacchettino attaccato dietro l'etichetta. Sembra un palloncino, piccolo e pieno di polvere. Con una chiave lo buca, ci infila un dito e se lo porta alle labbra. Ci mette un secondo a capire prima di sfilare la radio dalla cintura e dare l'allarme: da quel momento tutti i poliziotti di Milano si mettono sulle tracce dei fratelli Nisticò.

*

Il gorgoglio del caffè che sale lento.

"La quiete prima che tutto cominci" pensa Camilla, anche se Desanctis ha già iniziato a tempestarla di chiamate per sapere se ci sono novità. Anche poco fa, in auto, mentre rientravano dal San Paolo. Lei non aveva risposto, visto che Botero le stava accanto, e pure adesso che sono arrivati a destinazione continua a ignorarlo. "Lo ricontatterò quando ci sarà qualcosa da comunicargli."

Botero è seduto al piccolo tavolo dell'"area ristoro", come hanno pomposamente ribattezzato l'angusto cucinino della Cortina di ferro: un frigorifero minuscolo, un lavello scrostato, un fornello a gas, una credenzina in laminato e un tavolo da campeggio con un paio di sedie pieghevoli.

Davanti al commissario ci sono i quotidiani; li sfoglia con frenesia, gli basta un attimo per leggerli. Quando ha finito si alza e versa il caffè nelle tazzine. Le stesse che utilizza, ogni mattina, con Roberta.

Quello, per loro due, è una sorta di rito, e Camilla si sente quasi un'usurpatrice. A disagio, come se approfittasse della rivale in ospedale per allungare le mani sul bel commissario. Che però, come al solito, ha la testa altrove: ai giornali.

«Cosa dicono?» chiede soffiando sul caffè.

«L'unica buona notizia è che l'Inter è tornata in testa alla classifica.»

«Intendevo riguardo alle nostre indagini!»

«Niente di utile. Teorie di complotto. Poteri forti che fanno fuori una persona pulita e incorruttibile. Mafie che volevano far pagare all'onorevole gli appalti non assegnati. E altre panzane assortite.»

«Non potrebbero essere delle piste valide?»

«Certo, potrebbero.»

Non si sbilancia, non esprime giudizi. È enigmatico, come al solito.

«Del cecchino sul tetto, invece?»

«Un accenno, ma niente di più.»

«Solo un accenno? Com'è possibile?»

«Il questore deve aver ordinato di tenere un profilo basso: non può permettersi un deputato morto ammazzato e un sicario in libertà. Ha disinnescato il secondo caso e, infatti, lo definiscono una bravata di qualcuno che si è messo a sparare per gioco con un fucile da caccia. Fosse stato un cecchino con un'arma di altro tipo, è la tesi, le cervella di Roberta, o magari le mie, sarebbero sparse sul selciato.»

Camilla posa la tazzina. «Siamo alle solite, vero?»

«Cosa intendi?»

Camilla inizia a contare sulle dita. «Un omicidio durante un blackout. Nessuna telecamera. I cellulari in custodia agli uomini della sicurezza. Niente foto né video né arma del delitto. Intendo il solito caso impossibile. Ecco cosa! Non abbiamo niente su cui lavorare. E, come se non bastasse, la stampa d'ora in avanti ci farà a pezzi se non troveremo l'assassino in tempi strettissimi. Ho dimenticato qualcosa?»

«Giusto che, in caso di fallimento, faranno di me il capro espiatorio.»

*

Elvis si liscia il ciuffo mentre contempla ammirato il frutto del proprio lavoro: la sfilza di ritratti appesi al muro. Volti ed espressioni tutti da studiare.

«Lombroso saprebbe cavarci qualcosa solo guardandole, no?» sussurra a Piras, che sgrana gli occhi. Non sa chi sia questo tizio e non gli interessa.

Non sono solo facce, la collezione si è arricchita anche con le immagini della suite, dei vari particolari, oltre che del cadavere.

Dario, invece, si è occupato dei ritagli di giornale. Un primo piano dell'onorevole preso dal "Corriere della

Sera", una foto del Savoy recuperata dal "Giorno", e anche un'immagine dell'esterno del castello Cova, l'abitazione dei Greco, da "Repubblica".

Botero passa in rassegna gli scatti: quattro file, una sotto l'altra, per i sospettati. Sulla parete opposta, invece, ordinate per luoghi e stanze, le fotografie della suite.

«Ottimo lavoro, Michele.»

Elvis sorride e si passa una mano fra i capelli, soddisfatto. Onanismo tricologico.

Tutti prendono posto. L'unico a rimanere in piedi è l'Amish. Recupera un pennarello rosso e inizia a tracciare delle croci su una serie di volti.

«Quelli che hanno fatto?» chiede Piras.

«Niente. Li sto escludendo dai sospettati. Si tratta dei camerieri dell'hotel, dello chef e di altri ospiti che, al momento del delitto, si trovavano nella sala da pranzo.»

«Come lo sai?»

Estrae dalla tasca dei pantaloni il taccuino nero.

«Li ho ascoltati e li ho studiati. Prossemica, tono di voce, sguardo, sudorazione. Ho scartato quelli che apparivano sinceri. La notte scorsa, inoltre, ho riascoltato le cassette con le loro deposizioni, in particolare quando veniva loro chiesto dove si trovassero, e con chi, durante il blackout. Ho quindi incrociato i dati e verificato l'attendibilità di quanto riferito.»

«Ne restano ancora parecchi» osserva Camilla.

«Lo so. Però, siccome per versare il veleno nel bicchiere dell'onorevole occorreva essergli vicino, diciamo che, per ora, prenderemo in considerazione soltanto gli invitati che, quando il Savoy è rimasto al buio, si trovavano intorno alla piscina. Quindi depenno quelli che stavano nel salone o altrove, perché impossibilitati ad agire...»

Mentre traccia altri segni rossi, Farina si agita sulla sedia.

«Come fai a essere sicuro che le persone che escludi siano innocenti?»

«Non lo so. Ritengo sia poco probabile, se non impossibile, che siano colpevoli. C'è una bella differenza. Se non troverò l'assassino fra gli altri, allora li riprenderò in considerazione.»

«Per esclusione, come con *Cluedo*.»

«Prego?»

«Niente.»

La poliziotta si concentra sulle facce rimaste. Nove volti. Diciotto occhi che la fissano.

Anche Elvis e Piras osservano, ma senza grande interesse. Aspettano che l'Amish spieghi perché abbia ristretto il campo a quelle persone.

«Per ora non c'è un unico indiziato, ma delle ipotesi, che andremo ad approfondire in cerca di riscontri.»

«Quindi spariamo nel mucchio?» si lascia sfuggire Piras.

«La gente, lo sapete, uccide sempre per le medesime ragioni: amore, vendetta, rancore, soldi, potere. Pertanto, in attesa che tu, Ferrara, recuperi dall'archivio tutte le informazioni riguardo a questi individui, io azzardo delle supposizioni.»

«Ci stai dicendo che ognuno di loro avrebbe potuto avere una ragione per uccidere l'onorevole?» chiede Camilla.

«Proprio così. Partiamo da lui.» Picchietta col dito su

un volto maschile. «Rocco Talarico, l'imprenditore in odore di 'ndrangheta. Potrebbe aver punito Greco perché, dopo avergli versato una mazzetta, non aveva ottenuto l'appalto. All'onorevole era stata assegnata una scorta per questa ragione, no? Ne sapremo di più dopo aver letto le carte ma, da quel che ricordo dai giornali, un fiume di denaro è stato destinato a una serie di grandi imprese edili che, a loro volta, hanno subappaltato a ditte più piccole. E sapete bene che quando c'è un passaggio...»

«C'è sempre qualcuno che ci fa la cresta» conclude Farina.

«Precisamente.»

«Pensi che il cecchino che ha sparato a Roberta sia stato mandato da lui per intimidirci?» chiede Elvis.

«Non escludo niente, per questo dobbiamo approfondire su Talarico. È uno che puzza, anche se adesso usa solo profumo francese.»

«Al secondo posto chi ci mettiamo?» domanda Camilla.

Botero indica un altro uomo. «Fausto Grimaldi, assessore regionale. Ha tutto da guadagnare dalla scomparsa di Greco: con ogni probabilità sarà il nuovo segretario del partito Rinnovamento e responsabilità. Attualmente ne è vicepresidente e potrebbe averlo ucciso per prenderne il posto nella sala dei bottoni.»

«Dimentichi che se n'era già andato quando l'onorevole è stato avvelenato, non può essere stato lui» lo interrompe Farina, sicura di averlo colto in fallo.

«Ci ho pensato: lui non era presente, ma il suo delfino Dario Audisio, giovane consigliere comunale del partito, sì. Ecco qui la sua foto. Può essere stato lui ad avvelenare Greco in combutta con Grimaldi, nella speranza di arrivare a ricoprire un ruolo più importante. In tale ottica sarebbe interessante anche capire se il partito ha dei debiti.»

«Da dove inizio a cercare?» chiede Elvis.

«Dai bilanci e da quello che Grimaldi ci ha riferito durante l'interrogatorio: ha parlato dei diritti di gestione di un parcheggio a Rho. Credo di aver capito dove si trova. Dario, questo è un compito che affido a te. Ti scrivo qui l'indirizzo. Vacci e rimani lì per qualche ora. Annusa l'aria, dai un'occhiata in giro. Cerca, insomma, di capire perché un piazzale di cemento dovrebbe essere motivo di litigio fra un onorevole e un consigliere regionale, d'accordo?»

Botero adesso indica la foto di una donna. «A seguire, i soliti sospetti: la moglie, Francesca Rinaldi. Forse era stanca dei tradimenti del marito con la segretaria, e magari ha deciso di punirlo e sbarazzarsene in modo eclatante, durante la sua festa. Bisogna capire se questa presunta *liaison* con Giada Fontana sia vera o solo gossip.» Indica la ragazza. «Era davvero, come tutti dicono, l'amante dell'onorevole? Aveva anche lei una ragione per farlo fuori? Dovessi azzardare, sceglierei come movente l'esasperazione: lui le aveva promesso che avrebbe lasciato la consorte finché lei, al limite della sopportazione, l'ha avvelenato.»

«Piuttosto improbabile, direi» interviene Elvis.

«Improbabile, non impossibile. Come anche l'ipotesi che il colpevole sia Alessandro Barbieri, il portaborse.» Picchietta con un dito sulla sua foto. «Magari Greco lo vessava e lo sottopagava, o forse l'ha ucciso per via di un torto subito di cui non sappiamo nulla. Di sicuro sia lui sia la Fontana ora sono finiti in mezzo a una strada, hanno perso il lavoro, il che ci indurrebbe a pensare che non avessero interesse a ucciderlo. Ma nel nostro mestiere non si sa mai, giusto?»

«E gli ultimi tre chi sono?» chiede Piras.

«Una la conosco io» interviene Camilla. Si alza in piedi e si avvicina alla fotografia della terza donna. «Marta Ricci, la signora degli sciroppi! È l'erede di un grande gruppo farmaceutico milanese. Sono sicura che qualcuno che traffica in medicinali e formule chimiche tutto il giorno non faccia molta fatica a procurarsi del cianuro, no? Il vero motivo per cui il nostro commissario la sospetta, tuttavia, ritengo sia legato al fatto che Greco aveva ostacolato un suo progetto per una grossa fornitura alla regione Lombardia. I giornali ne hanno parlato a lungo e immagino che lei ci abbia rimesso parecchi soldi.»

Il commissario annuisce.

«Degli altri due uomini, invece, non saprei spiegare perché li consideri sospetti: uno è il medico che ha esaminato il corpo a bordo piscina, l'altro il ragazzo che l'ha ripescato dall'acqua.»

«Chi mostra troppo zelo diventa un indiziato.»

«Sei serio? Il dottore ha fatto un giuramento, doveva per forza cercare di aiutarlo...»

«Non lo metto in dubbio; tuttavia Zanetti è specializzato in chirurgia estetica. È molto in confidenza con la moglie di Greco. E se ci fosse qualcosa di più fra loro? Una storia d'amore? Magari lui è complice della Rinaldi o, semplicemente, spera di avere una chance con lei, ora che il marito non è più in circolazione...»

«E Matteo Ferrari?» domanda perplessa Camilla. «Ha ventidue anni, è un campione di nuoto: perché dovrebbe ammazzare un onorevole?»

«Non ne ho idea. Quello che so è che si è tuffato e ha toccato il cadavere. Per ora non intendo accusarlo di niente, ma non mi sento nemmeno di scartarlo a priori.»

*

I colori vivaci con cui sono dipinti i volti risaltano sul grigio del cemento. Dario Fo sorride, Jannacci è serio, la Vanoni ostenta un'espressione da Monna Lisa.

L'uomo li osserva per un istante e, appena distoglie lo sguardo dal murale, nota quei due: asiatici, nervosi, fumano come turchi senza preoccuparsi troppo di non dare nell'occhio. Scelta letale.

Un fremito di stizza gli increspa le labbra: hanno rintracciato l'auto, segno che da qualche parte doveva esserci una telecamera che ha inquadrato prima lui e poi la targa. Per fortuna è intestata a un prestanome, un pensionato della Baggina che non ha idea di possedere una Bmw cabrio. Gli dispiace perché è una bella macchina e ora dovrà liberarsene. Come farà con quei due. Niente cadaveri, però; in pieno giorno all'Ortica darebbero troppo nell'occhio. Si cala il berretto di lana sulla fronte e copre bocca e naso con la sciarpa. Difficile riconoscerlo.

Wu e Li continuano a tirare dal filtro anche quando

gli passa accanto. Il secondo errore che commettono. Wu si becca una rasoiata nella coscia. La lama ruota nel muscolo prima di venire estratta: zoppicherà a vita. Li è più fortunato: una coltellata alla schiena appena sotto i reni, niente di davvero grave ma abbastanza dolorosa perché resti a terra e non si metta a fare l'eroe cercando d'inseguirlo.

Coi due tizi fuorigioco monta in auto e parte. Non sanno dove abita altrimenti sarebbero saliti a prenderlo, per il momento quindi l'appartamento è ancora sicuro.

Gli pneumatici stridono sull'asfalto e lui pensa che è vero: a Chinatown non muoiono mai, ma a quanto pare si vendicano.

9

Dentro fa più freddo che in strada. Ma è solo un'impressione, Camilla ne è consapevole; ciononostante, un brivido le corre veloce sulla schiena ogni volta che mette piede al Labanof. La dottoressa Marta Spedo, invece, fra cadaveri e celle frigorifere appare decisamente a suo agio.

«Buongiorno» li accoglie. Un radioso sorriso riservato a Botero. Per lei giusto un cenno del capo. «Sapevo che saresti arrivato prima di pranzo, commissario, così stamattina ho iniziato prestissimo. Ho finito di ricucire il vostro onorevole meno di dieci minuti fa.»

«Grazie per la solerzia.»

«Non l'ho fatto solo per i tuoi occhioni verdi, sai? Dalla Mobile mi hanno fatto pressioni, e anche Macaluso ha chiamato per ribadire l'importanza di una "risposta in tempi brevi", se capisci cosa intendo...»

Farina sospira mentre la donna col camice solleva un lenzuolo, sotto al quale appare il corpo bianchissimo di Vincenzo Greco. Distoglie lo sguardo dall'incisione a Y sul torace costellata di punti di sutura.

«Avevamo ragione riguardo al cianuro?» chiede l'Amish, per nulla impressionato dallo spettacolo.

«A metà.»

«Spiegati.»
«L'onorevole è stato sì avvelenato, ma è morto per annegamento.»
«C'era acqua nei polmoni?»
«Parecchia, e anche nello stomaco. Questo significa, e lo dico a beneficio della tua collega, visto che sono certa che tu lo sappia, che siamo di fronte a un annegamento attivo, che avviene cioè quando la vittima cerca di respirare sott'acqua. In quelli passivi, vale a dire quando si perde prima conoscenza, invece è quasi del tutto assente.»
Camilla fissa con disgusto il ciuffo viola della Spedo.
«Altri elementi interessanti?» domanda Botero, incurante delle loro schermaglie.
«Le analisi hanno riscontrato tracce di cocaina nel sangue.»
«Certo che per essere un paladino del cattolicesimo, contrario alle droghe, predicava bene e razzolava male» commenta la poliziotta.
«Un classico dei politici» chiosa il commissario. «È tutto?»
Spedo sorride. «No. Vedete, l'onorevole Greco è stato una vera scoperta! Il suo tasso alcolemico era 1.2. Insomma era sbronzo quando ha buttato giù il bicchiere che gli è risultato fatale!»
«Immagino fosse del whisky torbato, con quel suo caratteristico odore di affumicato: questo potrebbe aver mascherato, almeno parzialmente, l'odore di mandorle del cianuro. Se poi aveva bevuto così tanto, come risulta dagli esami, deve essere stato davvero un gioco da ragazzi avvelenarlo!»

«L'assassino voleva essere certo che schiattasse, vista la quantità che gli ha propinato.»

«Di quanto parliamo?»

«Almeno 120 milligrammi.»

«Aveva fatto bene i conti: la dose letale per un uomo è di 1.5 milligrammi per chilo. Greco quant'era, ottanta chili?»

«Settantasette.»

«Si è tenuto perfino un margine di sicurezza, quindi. Nello stomaco?»

«Cibo di classe: ostriche, salmone, foie gras, burro di arachidi, ma anche tracce di lanolina.»

«Che roba è?» chiede Camilla.

«Una miscela di lipidi derivata dalla secrezione delle ghiandole sebacee della pecora» spiega Botero, «e si trova in una marea di prodotti, come i saponi, gli shampoo, i medicinali per la cura della dermatite, la cipria, il mascara, le maschere per il viso, le creme per le mani, nei prodotti per la depilazione e la rasatura, nel lucido da scarpe e perfino nelle preparazioni per il trattamento delle emorroidi.»

«Affascinante.»

«Certo che col grasso di pecora si fanno davvero un sacco di cose» osserva divertita il medico legale.

Il commissario rimane serio, prima di chiedere: «Per quale motivo questa sostanza si trova nello stomaco di Greco?».

«Questo devi scoprirlo tu, Sherlock. Forse l'onorevole si è ciucciato un tubetto di lucido da scarpe!»

*

«Tu non mangi, dico bene?»

Botero non risponde. Sta riflettendo, ripensa a ciò che gli ha riferito Spedo e prende appunti sul taccuino nero. Se in quel momento esplodesse una bomba a stento se ne accorgerebbe.

Il locale, affacciato su viale Romagna, è affollato e abbastanza decadente da non suscitare in lui reazioni avverse. Per precauzione, comunque, indossa gli occhiali scuri per proteggersi dal mondo. Si sono rifugiati lì per un caffè: bisogna cambiare sapore alla bocca quando si esce dalla morgue.

Camilla vorrebbe mettere in scena la solita pantomima sul cibo, punzecchiarlo per il fatto che non mangia mai a pranzo, ma si trattiene. Per una volta che a mezzogiorno sono in un bar, ne approfitta: «Io ordino un panino e una birra. Tu vuoi un altro caffè?».

La tazzina davanti al commissario è piena per metà, segno che l'espresso non è stato di suo gradimento: quindi la risposta è no. Ormai la poliziotta si sente come quelle mogli che conoscono a menadito le fissazioni del marito e potrebbero quasi scrivere un vademecum a uso e consumo di chi deve averci a che fare. Forse un giorno, esasperata, lo redigerà; magari con l'aiuto di Roberta, che lo conosce anche meglio di lei, ma è consapevole che già solo a parlarne finirebbero per prendersi per i capelli.

«Non sei per niente di compagnia» sbuffa tornando a sedersi dopo aver ordinato al bancone.

Lui solleva lo sguardo, stupito. «Preferiresti che ti intrattenessi con inutili conversazioni sul meteo, le diete o gli oroscopi?»

«Qualcosa del genere, sì. Ogni tanto la gente ha bisogno di leggerezza, di chiacchierare di faccende di poco conto. Perfino di quelle cose orribili che tu detesti ma che per molti sono importanti.»

«Allora ti spiego perché non mi piace parlarne. Cominciamo con gli oroscopi, che non sono altro che una forma di autosuggestione e di scaramanzia: è sciocco crederci perché non è efficace, serve solo a tranquillizzarci. E a proposito di scaramanzia: c'era un allenatore della nazionale di calcio che metteva sempre una boccettina d'acqua di Lourdes sotto la panchina, e indovina? Perdeva comunque le partite.»

«Su Lourdes non te la puoi cavare così! Lì i miracoli avvengono davvero!»

«Peccato che non siano autentici: si tratta di remissioni spontanee.»

Lei aggrotta la fronte mentre addenta il panino che le hanno appena portato.

«Questa te la sei inventata.»

«Sai che non ne sono capace.»

«Fammi un esempio, allora.»

«Hai presente quel matematico americano molto famoso, John Nash? Ha vinto il Nobel nel 1994.»

«Certo, ci hanno fatto anche un film, *A Beautiful Mind*!»

«Non l'ho visto. Comunque, Nash era un professore universitario di Princeton molto dotato, ma aveva un problema: sentiva le voci. È stata la sua condanna per tutta la vita: lo facevano impazzire! Girava per il campus come un barbone. Sembrava un clochard anziché un professore, finché, dopo trent'anni, lo hanno sottoposto a una serie di elettroshock e la malattia se n'è andata. Sul serio: è ritornato normale. Ecco cosa intendo per "remissione spontanea". A riguardo c'è una sua famosa frase che recita: "Non è mai bene dire che senti le voci. A meno che non sia quella della Madonna, lì il discorso cambia". Capisci cosa sto dicendo? Del resto, lo scriveva già Émile Zola, dopo un viaggio a Lourdes: "Ho visto un sacco di stampelle ma nessuna gamba di legno".»

«Se continuo a frequentarti finirò per non credere più in niente!»

«Saresti sorpresa di tutte le cose senza le quali possiamo vivere! Ora che ti sei rifocillata e abbiamo conversato, puoi accompagnarmi in un posto?»

«Dove?»

«Sul luogo del delitto. Ci si torna sempre, e non solo se sei l'assassino!»

*

Il sole splende sulla facciata liberty del Savoy.

«Cosa cerchiamo?» domanda Camilla dopo aver parcheggiato sul vialetto che conduce all'ingresso. Uno dei portieri, vestito con cappello e livrea, gli era corso incontro urlando che non si poteva lasciare lì l'auto, ma alla vista del tesserino si era convinto a chiudere un occhio.

«Restiamo poco» aveva assicurato Botero dandogli le spalle.

«Non mi rispondi?»

«Indizi» replica il commissario dietro agli occhiali

scuri. Stanno percorrendo il perimetro esterno del palazzo, che occupa un intero isolato, come una fortezza. Le mura sono grandi e gli ingressi pochi: quello principale è davanti, poi ce n'è uno per le auto sul lato destro e un paio per i fornitori sul retro. Niente boutique, bar o altre attività. Un mastodontico complesso di dieci piani e più di trecento camere.

Un marciapiede in piastrelle di gres corre tutto intorno, a bordo strada, sul retro e sui lati; di fronte, invece, c'è un piccolo parco con alberi ad alto fusto che costeggiano il percorso in lieve salita fino all'ingresso dell'hotel.

Ritornati al punto di partenza, l'Amish non si ferma e parte per un altro giro.

«Cos'è, non sei convinto?»

«Prima mi sono fatto un'idea, ora osservo. Fallo anche tu: se non presti attenzione non noterai mai gli indizi importanti.»

Al solito la frase alle orecchie della poliziotta suona come un rimprovero. Non ha il tempo di ribattere perché Botero si è messo a camminare veloce, e a un tratto sparisce dietro un angolo. Lei sospira e lo rincorre. Quasi gli sbatte contro, quando se lo ritrova impalato in mezzo al marciapiede. Sono sul lato sinistro dell'edificio e il commissario concentra l'attenzione su una minuscola striscia di terreno fra il muro e il marciapiede, larga meno di un metro, ricoperta di rovi e spine.

«Qui dovremmo essere sotto la piscina.»

«E con questo?»

«Piras.»

«Cosa vuoi dire?»

«Ti ricordi quando ha ipotizzato che qualcuno avesse gettato un cadavere dal terrazzo?»

«Non l'avevi bollata come una sciocchezza?»

«Certo! L'idea di sbarazzarsi di un corpo in quel modo è assurda, ma diventa plausibile se si pensa ad altro.»

«Tipo a cosa?»

«A un oggetto che non abbiamo trovato nella suite perché l'assassino se n'è liberato.»

Si piega sulle ginocchia e scruta fra gli sterpi.

«Durante la bella stagione credo sia un roseto» commenta Farina.

«Lì c'è qualcosa.»

«Non vedo niente.»

«Laggiù, incastrato dietro quei rami secchi. Sarebbe il caso di recuperarlo.»

Si scambiano un'occhiata. La terra, ancora bagnata per la pioggia caduta, è fangosa.

L'Amish si guarda le Church's, poi indica il giaccone di pelle e gli anfibi della Farina.

«Il tuo guardaroba non ne risentirà.»

«Riesci sempre a trovare le parole giuste per lusingare una donna, come fai?»

Lui si stringe nelle spalle.

Camilla infila un paio di guanti di lattice che tiene sempre in tasca e cammina in direzione dell'oggetto misterioso. Le scarpe affondano nel pantano e finisce anche per inzaccherarsi i pantaloni, quando si piega per recuperarlo.

«Ecco fatto!» sbotta tornando sul marciapiede e indicando gli anfibi lerci. «Sei contento?»

«Molto. Che cos'è secondo te? Una borsetta da donna?»

«Una *clutch* di Louis Vuitton.»

«Sarebbe?»

La poliziotta sorride, compiaciuta di aver trovato qualcosa in cui quel borioso di Botero non eccelle.

«È una miniborsa con chiusura a scatto e, se te lo stai chiedendo, è diversa dalla *pochette* perché non ha né manico né tracolla.»

«E a cosa servirebbe, di grazia?»

«Vanità. Serate di gala. Una custodia elegante, più simile a un grosso portafogli dove puoi tenerci i trucchi, le chiavi e altri piccoli oggetti. Ti è chiaro così?»

Lui abbozza un gesto d'assenso col capo: ha appena acquisito un'altra informazione inutile che, suo malgrado, ricorderà per sempre.

«Posso vederla?»

Si è infilato i guanti di pelle e, quando la collega gliela porge, ci mette la stessa attenzione che presterebbe nel maneggiare una reliquia. È lunga una quindicina di centimetri, ha il logo della maison francese ripetuto più volte sulla parte esterna in tela e una chiusura con bottone a pressione.

Lo fa scattare ed estrae l'unica cosa che contiene: un tubetto di plastica simile a quelli per i farmaci. Solo che non è una medicina, e le scritte sulla confezione sono in spagnolo. La marca è BIOPACK e il nome stampato sull'etichetta non lascia molti dubbi: POTASIO CIANURO.

Con la massima attenzione, vuota il contenuto del tubetto sul palmo guantato di una mano e conta le pastiglie.

«La confezione è da cinquanta compresse da 10 milligrammi, ne mancano venticinque.»

«L'assassino le avrà sbriciolate nel bicchiere dell'onorevole» interviene Farina.

«Probabile. Ma non sono tutte qui...»

«Cosa vuoi dire?»

Lui scuote la testa e rimette le pasticche nel tubetto. Continua a rigirarselo fra le mani mentre Camilla, volgendogli le spalle perché non veda lo smartphone, lancia una ricerca su Internet.

La risposta arriva in meno di un minuto e, quando torna a rivolgersi all'Amish, ha l'aria compiaciuta di chi ha risolto il caso del secolo.

«Ho inserito le informazioni riportate sull'etichetta: è saltato fuori che le pasticche sono acquistabili da una farmacia messicana che vende online. Spediscono in tutto il mondo con pacco anonimo.»

«Cioè, il cianuro lo puoi acquistare su Internet? Capisci perché odio la tecnologia?» mastica lui fra i denti.

Farina recupera la *clutch* dalle mani dell'uomo e la osserva con attenzione.

«Chi delle nostre sospettate è uscita senza borsa dalla suite?» domanda confidando nella formidabile memoria del suo capo.

«Nessuna. Ce l'avevano tutte.»

«Allora chi l'ha gettata dal decimo piano?»

«Questo dobbiamo scoprirlo. Per ora limitiamoci a far esaminare le pasticche e rilevare le impronte digitali da questa *clu... cosa*. E vediamo cosa salta fuori.»

«Come mai tanta cautela?»

«Perché ho un dubbio.»

«Sarebbe?»
«È stato troppo facile, come se l'assassino, per qualche ragione, abbia voluto farci ritrovare il veleno. Ragiona un momento: se tu l'avessi gettato dalla finestra per non fartelo trovare addosso, quale sarebbe stata la prima cosa che avresti fatto appena uscita dal Savoy?»
«Sarei corsa a recuperarlo per far sparire le prove.»
«Esatto. Invece l'assassino l'ha lasciato qui, come se volesse che lo trovassimo. Strana coincidenza, no? Peccato che, come ben sai...»
«Le coincidenze non sono altro che indizi camuffati.»

*

Duca solleva la testa, come se dovesse rispondere a Botero, che ha trascorso gli ultimi minuti a raccontargli dell'indagine. Quella di confidarsi col cane è un'abitudine iniziata dopo l'incidente. Un pomeriggio, mentre passeggiavano sotto agli alberi frondosi di via Benedetto Marcello, si era messo a discutere col meticcio e, da quel momento, non aveva più smesso.

Adesso, mentre entrano al mercato comunale di viale Monza, gli sta riferendo del ritrovamento della borsa con quel nome strano e, quasi, si aspetta di ricevere un parere di rimando.

Visto che il quadrupede tace, preferisce concentrarsi su ciò che è venuto a fare. Adora quel luogo, con i suoi profumi intensi e le signore che si aggirano trascinando i loro carrelli di tela. Fra i corridoi si respira ancora l'atmosfera delle botteghe di una volta, dove nessuno ha fretta, i ritmi sono rilassati e la tecnologia più all'avanguardia è quella della bilancia per pesare il pesce. Un luogo dal sapore *rétro* che lo fa sentire a proprio agio.

Dopo aver spedito Camilla a consegnare il reperto al laboratorio, era tornato a casa a piedi dal Savoy. Aveva scelto con calma una ricetta dal libro e poi era sceso in strada con Duca per la passeggiata e per procurarsi gli ingredienti. Quella sera avrebbe gustato un risotto pere e gorgonzola con abbinato un bianco morbido, un Riesling trentino, da acquistare nell'enoteca di fiducia in via Vitruvio.

Meno di un'ora dopo è ai fornelli. Al momento della mantecatura, operazione delicata da compiere lontano dal fuoco con un cucchiaio di legno, il trillo del telefono interrompe la voce roca di Rino Gaetano. Stizzito, solleva la puntina dal piatto e risponde.

«Disturbo?»

«Sei anche veggente, bravo.»

Desanctis non si scompone: è abituato alle *boutade* di Botero, e procede imperterrito.

«Aspettavo mi chiamassi per riferirmi le novità sull'indagine.»

«Non l'ha già fatto l'ispettore Farina?»

«Voglio sentirle da te.»

Il commissario sospira, quindi gli racconta del ritrovamento della *clutch* con le pasticche di cianuro e, senza chiederlo, ottiene dal capo della Mobile l'assicurazione che farà pressione affinché i risultati siano disponibili il prima possibile.

«Quali saranno le prossime mosse?»
«Domani ho intenzione di risentire un paio di testimoni, giusto per approfondire alcuni aspetti.»
«Chi?»
«Oh, questo te lo dirò dopo averli interrogati. Ora, se permetti, mi si incolla il riso.»
«Ancora un attimo: non mi hai detto dell'autopsia...»
«Come sai, il medico legale ha parlato di morte per annegamento.»
«Ma non era stato avvelenato?»
«Anche. Ritengo che Greco sia caduto in piscina mentre il cianuro lo soffocava. Lottava contro il veleno e, nel frattempo, gli si riempivano i polmoni e lo stomaco d'acqua, facendolo affogare.»
«Che morte orribile!»
«Non esistono morti belle, soprattutto se tocca a noi occuparcene.»

*

La città con le sue luci e il suo caos sembra lontana chilometri, ma è solo un'illusione. La tangenziale è a un passo e la zona ha un nome suggestivo che richiama antichi fasti: Metanopoli.

L'uomo ci pensa mentre, prestando la massima attenzione, versa un'intera tanica di benzina all'interno dell'abitacolo della spider. Ha abbassato la capote per essere sicuro che non si salvi nulla. Il fuoco divorerà ogni cosa e cancellerà le impronte.

Accende un cerino e lo getta sul sedile in pelle del

passeggero, che subito inizia a bruciare. Le fiamme impiegano pochi secondi ad avvolgere l'auto.

Lui arrotola una copia del "Corriere della Sera" e la lancia nel fuoco. Sparisce in un attimo, come le parole che ci sono scritte. Della morte del cinese non c'era traccia, proprio come aveva preventivato. Tutta l'attenzione era riservata all'omicidio dell'onorevole Greco, mentre del colpo di fucile che ha ferito Roberta Cattaneo compariva solo un accenno in cronaca. L'episodio era stato liquidato come una sorta di bravata. Poche righe con formule vaghe in cui si diceva che gli inquirenti stavano indagando.

L'uomo sorride: senza morto non c'è notizia.

10

Botero benedice gli occhiali neri che lo proteggono. Erano anni che non metteva piede all'interno della Stazione Centrale, e non si aspettava certo quel trionfo di luci, scale mobili e schermi al led. Un formicaio vibrante di umanità. Troppo, per uno che non ha neanche un minuto di sonno addosso e i nervi a fior di pelle.

«L'inferno me lo immagino così» sussurra con lo sguardo rivolto sulle Church's, mentre Camilla quasi lo trascina, tenendolo agganciato per un braccio.

Sembra stia accompagnando un cieco invece di un commissario di polizia nel pieno delle sue funzioni. In ogni caso ha smesso da un pezzo di porsi domande riguardo ai suoi comportamenti; per questo, quando all'alba le aveva telefonato per dirle di farsi trovare alle sette in piazza Duca d'Aosta, non aveva fiatato.

Salgono con calma la lunga scalinata di pietra.

«Che binario?» chiede l'Amish arrivati in cima, senza sollevare lo sguardo dal pavimento a mosaico del grande salone.

Lei controlla il tabellone luminoso.

«Frecciarossa alta velocità per Roma delle 7.30 in partenza dal binario sei» recita con voce metallica.

«Fai poco la spiritosa!»

Camilla ride e poi, sempre tenendolo a braccetto, lo accompagna.

«Andiamo dove ci sono le carrozze business. Un assessore regionale e il suo delfino non viaggiano certo in classe economica.»

«Come fai a sapere che prenderanno questo treno?»

«Non lo so: è un'ipotesi. Ho letto sul "Corriere" che oggi Grimaldi partecipa a un convegno a Roma e questo è l'ultimo treno utile per arrivare in tempo. I politici non brillano per puntualità e non amano nemmeno alzarsi presto.»

Al solito, il commissario non sbaglia: dopo tre minuti ecco che compare l'assessore insieme a Dario Audisio.

«Da quanto non dormi?» gli domanda la poliziotta mentre li aspettano.

«Due notti. Tre, se si considera la levataccia della mattina dell'omicidio. Tu distrai l'assessore, io devo parlare col ragazzo.»

Appena sono alla portata, Farina chiede a Grimaldi se può chiarirle un punto della sua testimonianza.

«Non ora, ispettore: ho un treno da prendere.»

«Parte fra sei minuti, faremo in tempo.»

Lui, però, ha già il piede sul predellino e sale a bordo.

Non è così fortunato il portaborse, afferrato per un braccio da Botero.

«Non lo perderà, stia tranquillo. Ho solo bisogno che risponda a un paio di domande.»

«Ma sono già stato interrogato!» protesta Audisio. È

giovane, occhiali senza montatura, capelli castani tagliati corti.

«Non da me.»

«Mi dica, ma faccia in fretta» replica spazientito.

«Ha avvelenato lei l'onorevole Greco?»

«Certo che no! Ma come le viene in mente?»

«Potrebbe averlo fatto per fornire un alibi al suo capo: lui lascia la festa e lei uccide il deputato. Grimaldi prende il posto di Greco e lei quello di Grimaldi. Semplice, no?»

«No, è pura follia!» Si divincola per andarsene, ma l'Amish ha ancora una domanda.

«Lei sa cos'è una *clutch*?»

«Non ne ho idea!»

Sono le ultime parole del ragazzo prima di lanciarsi dentro al Frecciarossa e sparire dalla vista dei due poliziotti.

*

Le gambe gli dolgono ma rimane in piedi: non è saggio sedersi quando si traffica con la polvere da sparo! Tornare all'Ortica da Metanopoli è stata una scarpinata. Ci sono volute due ore, durante le quali, a fargli compagnia, non c'era nemmeno un paesaggio suggestivo: solo cemento, rifiuti e degrado sul ciglio della strada. Adesso si concentra sul prodotto che gli ha fornito il cinese.

Con l'ausilio di un vecchio cellulare a tastiera prepara con attenzione l'ordigno. Il funzionamento è semplice: basta comporre il numero della SIM posta al suo interno e, al primo squillo, *boom!* Il secondo passaggio sarà piazzarlo sotto l'auto. Ed è sicuro che non ci saranno sorprese, visto che la parcheggiano sempre nello stesso posto.

Le abitudini uccidono le persone.

*

Il nome della ditta è altisonante: Milano Molecule Makers.

«Che ci facciamo qui?» chiede Camilla scendendo dall'auto. «Ho appena ricevuto un messaggio da Desanctis che ci convoca in questura. Credo siano arrivati i risultati delle analisi scientifiche.»

«Dopo ci andiamo.»

«Se ti serviva qualcosa contro l'insonnia potevamo andare in farmacia.»

«Non siamo qui per le medicine, ma per risentire un testimone.»

Botero si avvia a passo veloce verso l'ingresso.

La MMM è una delle più importanti aziende farmaceutiche del Paese. La sede principale si trova in un palazzo grigio e squadrato che si staglia sullo sfondo della tangenziale est, dove il traffico scorre incessante. Un cartello avverte che l'accesso è riservato solo al personale autorizzato e una guardia all'ingresso ribadisce il concetto appena mettono piede nella hall.

Il commissario finge di non vederlo mentre Farina, al solito, deve mostrare il tesserino e spiegare cosa ci facciano lì. Il vigilante controlla, telefona e poi li accompagna all'ascensore. Salgono al quinto piano, dove si trova l'ufficio della presidente. Ignorano la segretaria e bussano alla porta. Una voce femminile li invita a entrare.

Marta Ricci indossa un tailleur blu, una collana di perle e sulle labbra ha un velo di rossetto. Dietro di lei, una finestra affaccia sulla città. Palazzi anni Sessanta e strade piene di macchine.

«Avete altre domande, immagino» esordisce sbrigativa.

«Non si preoccupi, le ruberemo poco tempo.»

Lei si limita ad annuire, rimanendo in attesa.

«A quanto ci risulta i suoi rapporti con l'onorevole Greco non erano idilliaci...»

«Vi risulta male.»

Il commissario sorride. Nella sua mente scorrono decine di titoli altisonanti di giornali dove si sostiene il contrario.

«Davvero? Non eravate in causa per un appalto che lei riteneva ingiustamente assegnato a un'azienda concorrente? C'è parecchio materiale a riprova.»

«Non ero in causa con lui, ma con la Regione: è stata la giunta a negarmi l'appalto.»

«Greco all'epoca ne faceva parte» interviene Camilla.

«Quindi, secondo voi, dovrei uccidere tutti quelli che sedevano nel consiglio? Dopo cinque anni, per di più? Ma andiamo.»

«Aveva usato parole molte dure nei riguardi dell'onorevole, all'epoca.»

«L'ho fatto perché ritenevo di aver subito un torto e, infatti, ho intentato una causa legale che molto probabilmente avrà un esito favorevole per la mia azienda. Quindi nessun rancore.»

«Capisco. E, mi dica, producete cianuro qui?»

L'Amish l'ha buttata lì con nonchalance, ma si capisce subito che l'effetto è quello di una deflagrazione.

«Che domanda è, scusi? Siamo una ditta farmaceutica, nei nostri laboratori si trova ogni genere di molecola, quindi anche i sali ionici dell'acido cianidrico. Cos'è, pensate che l'abbia avvelenato con qualcosa che mi sono portata da casa?»

«L'ipotesi ci ha sfiorato, in effetti.»

«Sentite, io non ho tempo da perdere. Se avete altro da chiedere contattate i miei avvocati. Io contro l'onorevole non avevo nulla, ci eravamo rappacificati, e lo dimostra il fatto che mi avesse invitato alla sua festa.»

Il commissario fa un cenno a Camilla e, mentre distoglie lo sguardo, lei mostra alla Ricci sul cellulare la foto della Vuitton.

«La riconosce?»

«Dovrei?»

«Non ne possiede una?»

Un'espressione vagamente disgustata compare sul suo viso. «Non è affatto il mio genere.»

«D'accordo. Un'ultima domanda: il rossetto che porta è per caso Rouge Dior?»

La manager si passa un dito sulle labbra, un gesto non privo di sensualità, poi sbatte le ciglia e i suoi occhi si piantano in quelli verdi del commissario.

«No, è Le Rouge di Givenchy.»

Dalla borsa Prada appoggiata sulla scrivania estrae un rossetto e lo mostra ai poliziotti.

«L'aveva anche alla festa di sabato sera?»
«Perché, è un reato?»
Farina vorrebbe ricoprirla d'insulti, ma Botero si è già alzato in piedi.
«No, non lo è. Grazie per il suo tempo, ci è stata molto utile.»
«Non si disturbi ad accompagnarci» le ringhia a mezza bocca Camilla, «conosciamo la strada.»
Una volta arrivati al parcheggio, però, non riesce più a trattenersi.
«Quella è una strega!»
«Io la trovo piuttosto affascinante.»
«Affascinante? Secondo me è stata lei! Si è procurata il veleno nel suo laboratorio, si è vendicata e poi ha gettato la borsetta fuori dalla finestra insieme alle prove che la incastravano!»

*

Nell'ufficio di Desanctis si respira un'aria strana. L'ispettore Farina la riconosce al volo: è la tensione che aleggia quando non si ha un obiettivo chiaro da colpire. Nessun sospettato principe, ma solo poche idee, e pure confuse. Almeno per quel che riguarda lei e il capo della Mobile: ciò che passa per la testa dell'Amish, al solito, resta un mistero.
Botero non mette piede volentieri in via Fatebenefratelli. È uno dei luoghi che ha rimosso dalla memoria. Lo fa sentire a disagio perché è consapevole di averci trascorso molto tempo nella sua vita precedente; ogni

volta, però, tutto gli sembra nuovo e lontano, come i ricordi di una vacanza al mare da bambino.

«Sono arrivati i risultati delle analisi» annuncia senza cerimonie il dirigente spingendo dei fogli stampati verso il commissario.

Lui si toglie con calma gli occhiali scuri e li esamina. Nessuno muove un muscolo, tanto non ci vorrà molto. Farina attende il responso come se si trovasse di fronte all'oracolo di Delfi.

Desanctis ha letto le carte, sa cosa contengono, ma smania comunque: chissà cosa ci vedrà l'Amish!

Il giorno prima, la notizia del ritrovamento delle pastiglie di cianuro all'interno di una borsetta firmata aveva fatto accendere nel dirigente la speranza di risolvere il caso in tempi brevissimi. La pressione mediatica di giornali e tv è al massimo e, se non si sbrigano a dare loro qualcosa in pasto, diventerà intollerabile, come gli ribadiscono sia Costamagna sia il questore, più volte al giorno.

«Le analisi confermano che è cianuro quello ritrovato nella *clutch*» dice quando si stanca di aspettare.

Botero annuisce. «Sì, questa è la buona notizia. La cattiva è che su quella specie di *pochette* non ci sono impronte. Ha preso litri di pioggia e, se anche ce ne fossero state, ora sono svanite...»

«E il resto delle analisi?» chiede Camilla. «Hanno repertato un milione di cose nella suite...»

«Per quelle ci vorrà più tempo. Ho dato priorità alle impronte. Hanno scansionato e inserito tutte quelle che ha raccolto Piras, e sono stati trovati dei riscontri sui frammenti del bicchiere rotto» replica il capo della Mobile.

«Chi?» domanda rivolta a Botero, che tiene ancora i fogli in mano.

«Tre persone: Francesca Rinaldi, Giada Fontana e Alessandro Barbieri.»

«La moglie, l'amante e il portaborse.»

«Sui cocci c'erano anche le impronte dell'onorevole. Oltre a tracce di whisky.»

«In quanti se lo sono passati, quel maledetto bicchiere? E perché è morto solo lui?» si chiede il capo della Mobile.

«Deve essere stato l'unico a bere.»

«La Ricci quindi la scartiamo?» domanda delusa Farina.

Il commissario scuote la testa.

«No, potrebbe aver indossato dei guanti o maneggiato il bicchiere con un tovagliolo per non lasciare impronte. Idem per Talarico e Audisio. La partita, per quanto mi riguarda, resta aperta.»

«Secondo me la questione è molto più semplice. Se il veleno si trovava in una borsetta, questa, probabilmente, apparteneva a una delle due donne che hanno toccato il bicchiere, vale a dire o la moglie o l'amante.»

Desanctis concorda con Camilla e si spinge oltre: «Io scommetto sulla moglie: era gelosa della Barbie, che Greco si portava sempre appresso, e l'ha ammazzato. È la soluzione più ovvia».

«La soluzione più ovvia, in genere, non è mai quella giusta» ribatte l'Amish.

«D'accordo, allora scegline tu una e arrestala!»

«A caso?»

«Certo che no! Però questa faccenda va chiusa in fretta. Perfino il ministro dell'Interno mi ha chiamato per sapere se c'erano novità: la morte di un onorevole è un affare di Stato.»

«Vuoi scartare la moglie?» chiede Farina.

«Non ho detto questo» puntualizza Botero. «Ragionate un attimo: quella *clutch* non è un'incudine. Non è così ingombrante o pesante: la si può nascondere e sta in poco spazio. Magari dentro la borsa capiente di una donna o, chissà, nella tasca interna della giacca di un uomo...»

«Dici sul serio?» domanda la poliziotta.

«Perché no? Se tu fossi un uomo e volessi incastrare una donna dove nasconderesti il veleno?»

«In qualcosa riconducibile a lei.»

«Ecco.»

Desanctis scuote la testa, poco convinto. Anche Farina è scettica: «Perché devi sempre complicare le cose? A volte è tutto più banale: ci sono molti stupidi in giro, e commettono errori. Del resto me l'hai insegnato tu il test dell'anatra: se sembra un'anatra, nuota come un'anatra e starnazza come un'anatra, allora probabilmente è un'anatra. Semplice, no?».

*

Schegge di memoria.

Botero le ha trovate riponendo le galosce nella stanza dell'attrezzatura: una decina di audiocassette. Un viaggio da novanta minuti ciascuna di ricordi fruscianti. Ogni brano che ascolta dovrebbe spalancargli una voragine di ricordi. Un tesoro che riposa lì da almeno trent'anni, uscito da una scatola da scarpe che, dalla cantina di casa sua, aveva fatto portare alla Cortina di ferro. Le aveva registrate dalla radio quando era adolescente. Canzoni che dovrebbero ricordargli chi era, cosa desiderava, cosa sperava per il futuro. Non è così. Le inserisce nel walkman – un altro reperto antesignano che riposava nella scatola e a cui ha messo un paio di batterie nuove –, ma non gli evocano niente. Cocciante, Baglioni, Gaber, Venditti. Vuoto assoluto.

Chiude gli occhi. Prova a scordarsi del bunker e dei volti appesi alle pareti.

Si rivede sotto casa, con Duca, subito dopo aver risolto il caso dell'avvocato Lobascio. Due potenti fari sbucano dal fondo della via diretti su di lui. Prova a ripararsi gli occhi con la mano mentre un formicolio gli intorpidisce gambe e braccia. La decappottabile ruggisce e lo punta correndo a tutta velocità, i fanali sono sempre più vicini, minacciosi. Non riesce a muoversi, nonostante Duca strattoni il guinzaglio. Il bagliore è accecante e dalle casse dell'impianto stereo esce musica tecno altissima...

«Stai bene?»

La voce di Camilla lo riporta alla realtà, alla sedia scomoda su cui è seduto, ai visi dei sospettati e a quelli, altrettanto provati, dei colleghi che lo osservano incuriositi.

«Sì, scusate. Solo cattivi pensieri. Possiamo cominciare.»

La poliziotta piega la testa da un lato ma non insiste.

Lui si alza in piedi e si avvicina alla lavagna, il gesso già in mano.

«Siete stati tutti aggiornati sui risultati delle analisi scientifiche?»

«Sì» conferma Elvis. «Camilla ci ha raccontato del vostro incontro con Desanctis.»

«Bene, allora partiamo da quello che avete scoperto.»

«Io ho appena ricevuto la conferma che gli uomini mandati a interrogare le persone nei palazzi qui intorno sono ritornati senza nulla di concreto» interviene Farina. «Nessuno ha visto nulla. Il nostro cecchino è un professionista, attento a tutto.»

Il commissario annuisce. Se lo aspettava.

«Ferrara: tu, invece, cosa ci racconti?»

Elvis si schiarisce la voce e consulta gli appunti.

«Ho fatto delle ricerche sul progetto TEEM: per realizzarlo lo Stato e la Regione hanno sborsato un sacco di soldi. Spulciando i documenti, sono saltati fuori i nomi dell'onorevole Greco, dell'assessore regionale Fausto Grimaldi e perfino quello di Rocco Talarico, legato, tramite il solito sistema di subappalti, alla Edil.Rho, una delle ditte che si è aggiudicata la realizzazione del famoso parcheggio in zona Cascina Merlata.»

«Quello per cui litigavano Greco e Grimaldi.»

«Sì. Ci ho ragionato. Il motivo, secondo me, riguarda il rinnovo del canone d'affitto. Ora versano una cifra irrisoria, e indovinate chi è il gestore?»

«Sempre la Edil.Rho.»

«Bingo!»

«E siccome due coincidenze fanno un indizio, questo ci porta a Piras. Ieri sei stato da quelle parti come ti avevo chiesto?»

«Ho passato tutto il giorno in quel parcheggio. Una noia mortale: sempre deserto. Uno spazio sconfinato con appena una quindicina di veicoli. Ho spento il motore e sono rimasto a osservare. Per fortuna costa poco: cinque euro per l'intera giornata! Gente che arrivava, altri che recuperavano l'auto. Pochissimo movimento.»

«Ti ha visto qualcuno?»

«Improbabile. Sono restato chiuso nella mia C3, sdraiato sotto a una coperta sui sedili posteriori per non farmi notare.»

«Una spia perfetta!» lo canzona Camilla con un sorriso, e Piras arrossisce.

«Nient'altro?»

«Be', in effetti una cosa strana è successa. Ma non so se è importante.»

«Ti ascoltiamo.»

«Sono rimasto fino a mezzanotte, e quello che vi sto per raccontare è avvenuto intorno alle undici di sera. È arrivato un furgone bianco, da cui sono scesi due uomini.»

«Com'erano?»

«Non so bene, era buio. Non troppo alti, mingherlini, vestiti con giacche chiare. Cinque minuti più tardi il furgone è ripartito. Solo che a bordo, stavolta, c'erano due tizi diversi: uno alto e massiccio, l'altro più basso, con indosso una giacca verde.»

«Uno scambio?» ipotizza Elvis.

«Forse» risponde Piras. «Oppure giusto degli autisti che si sono dati il cambio.»

Tutti si voltano verso Botero. Gli si è accesa una luce, si vede. Ha mollato il gesso e si è messo a sfogliare uno dei giornali abbandonati sul tavolo.

«Ecco: leggete qui. Ieri mattina due tipi hanno cercato di recuperare un Ducato dal deposito municipale di via Messina dopo che la pioggia lo aveva bloccato in un sottopassaggio. Una guardia, dato che stavano scaricando sul piazzale del deposito, si è insospettita, e quando si è avvicinata i due se la sono data a gambe. E sapete perché? Trasportavano un carico di cocaina nascosto dentro a bottiglie di birra.»

«Un'altra strana coincidenza, no?» interviene Farina. «Ora abbiamo un'idea su cosa facciano in quel parcheggio. Può avere a che fare anche con la morte di Greco? Dopotutto era imbottito di bamba alla festa...»

L'Amish è distratto. L'occhio gli è caduto su un trafiletto dal titolo di sole quattro parole: "Auto bruciata a Metanopoli".

«Cosa succede?» chiede Camilla.

Lui rilegge le tre righe seppellite nella cronaca milanese. "Una Bmw cabrio data alle fiamme."

«Non può essere... La decappottabile, i fari, la musica...»

Il cuore inizia a battergli forte, quasi gli manca il respiro.

«E se fosse lui il cecchino?»

«Lui chi?» chiedono all'unisono gli altri, ma il commissario corre fuori senza rispondere.

*

L'uomo è appostato da almeno un'ora; non su un tetto, stavolta. Basta il tavolino di un bar, un ottimo punto d'osservazione da dove può tenere d'occhio l'ingresso del locale e il traffico in strada.

Uno dei due è già arrivato e, fra poco, toccherà all'altro.

La scommessa è che si faccia accompagnare, come ogni martedì. La routine rappresenta il tallone d'Achille delle persone.

Non sbaglia: eccolo seduto dal lato del passeggero. L'auto accosta.

«L'abitudine uccide» ripete mentre si alza e si allontana di qualche metro.

Meglio essere prudenti.

Tiene il cellulare in tasca con la chiamata rapida già impostata. Deve solo attendere il momento giusto per fingere di telefonare e godersi lo spettacolo pirotecnico.

*

La sala da biliardo Joker in corso Cristoforo Colombo è uscita direttamente dagli anni Settanta, e non fa nulla per nasconderlo: luci al neon, decalcomanie di gelati sui vetri e arredamento d'antan. Dentro è enorme: pareti grigie, pavimenti scuri e decine di tavoli. L'aria è impregnata dell'odore di gesso che i giocatori sfregano sulla punta delle stecche e da quello delle sigarette, nonostante i cartelli di divieto esposti ovunque. Rappresenta la seconda casa di Botero: se non gioca l'Inter, ogni martedì e sabato sera si ritrova lì con Domenico, il suo amico tranviere. Lo conosce da sempre ed è uno dei pochi, insieme a Roberta e a Duca, che lui ricordi anche dopo l'incidente.

Si sfidano al biliardo all'italiana, quello senza buche,

dove i punti si ottengono centrando la palla dell'avversario e buttando giù i birilli nel castello centrale.

L'Amish apprezza le geometrie e la precisione millimetrica dei colpi, tanto che spesso gli piace paragonare un'indagine a un partita di biliardo: in entrambi i casi per vincere occorre mettere a segno una mossa speciale, come il *rinquarto* o la *garuffa*. Stasera spera di trarne ispirazione per il caso dell'onorevole Greco.

Camilla accosta per farlo scendere. Sa che per lui quello è un rito irrinunciabile; del resto, la prima volta che si sono incontrati, stava piegato su un tavolo verde...

Ha preso l'abitudine di accompagnarlo lì ogni martedì, all'uscita dalla Cortina di ferro. Lo fa con piacere e poi adesso è anche di strada, visto che abita vicino, in fondo a via Vigevano.

Da quando ha ripreso servizio a Milano, a inizio settembre, per un po' è stata ospite dai suoi in via Pepe ma, dopo un paio di settimane, la sua vecchia cameretta aveva cominciato ad andarle stretta. Così si era messa alla ricerca di un alloggio nonostante le sue finanze non le permettessero di trasferirsi in un attico vista Duomo. Alla fine era saltato fuori il monolocale occupato da un collega in procinto di trasferirsi a Roma e lei era subentrata nell'affitto. La proprietaria, l'anziana vedova di un ex colonnello dell'esercito, aveva il pallino di tenere come inquilini persone appartenenti alle forze dell'ordine: la faceva stare tranquilla, visto che abitava sullo stesso pianerottolo. Non che fosse a buon mercato vivere lì ma, dopo l'Expo, i prezzi erano schizzati alle stelle e spendere metà dello stipendio per un affitto era diventata la norma.

«Grazie» dice il commissario sollevando la custodia con dentro la stecca. «Ci vediamo domani.»
«Sicuro che vada tutto bene?» chiede lei. «Prima nel bunker sei sbiancato e ci hai piantato in asso...»
«Tranquilla, tutto sotto controllo.»
«Davvero?»
«Ho solo bisogno di dormire un po'.»
Camilla sospira e riparte mentre lui, fermo sul marciapiede, la osserva allontanarsi.
Sta per distogliere lo sguardo quando una delle ruote anteriori esplode: una fiammata, un botto pirotecnico e la Clio, priva di controllo, va a sbattere contro il portone di un palazzo. La lamiera si accartoccia, l'antifurto di un'auto inizia a suonare. Il commissario corre verso l'abitacolo.
Lo pneumatico anteriore sinistro non esiste più. Odore di gomma e plastica bruciata. Botero fatica ad aprire la portiera ma, con uno strattone, alla fine ci riesce. Chiama la collega per nome, urla, tenta di liberarla dalla cintura di sicurezza, la scuote, ma è inutile: Camilla ha la faccia ricoperta di sangue e non reagisce.

11

«Una bomba rudimentale, poco potente, azionata da un cellulare. Chi ha premuto il bottone non era distante.»

Il responso telegrafico dell'artificiere viene comunicato a Botero da Desanctis. Sono rimasti svegli tutta la notte e hanno la faccia provata. Per il commissario non è una novità, mentre per il dirigente della Mobile è un'impresa così titanica che non riesce a trattenere una raffica di sbadigli.

La questura è ancora semideserta e nell'ufficio l'aria è viziata. L'Amish si alza, spalanca la finestra e respira a pieni polmoni. Spera che il freddo lo aiuti a rimanere lucido dopo tante ore di veglia. Leva gli occhiali scuri che l'hanno protetto dagli apparecchi elettronici della stanza mostrando occhiaie profonde che lo invecchiano di almeno dieci anni.

«Secondo loro si è trattato di un atto dimostrativo» prosegue Desanctis leggendo la mail, mentre l'altro gli volge le spalle. «L'ordigno è stato confezionato con la polvere da sparo utilizzata per i botti di Capodanno. Roba di scarsa qualità.»

Il commissario ripensa al 31 dicembre scorso, undici mesi prima. Una notte d'inferno, passata disteso sul pavimento a tranquillizzare Duca, nascosto sotto al divano. Era terrorizzato dagli scoppi, dai botti, dai rumori assordanti. Una battaglia in piena regola si combatteva per le strade della metropoli e le vittime erano gli animali. Per la paura gli uccelli morivano d'infarto, i cani tremavano come foglie. Qualche idiota, poi, si era anche messo a sparare in aria dei colpi di pistola!

Si era sentito impotente: Duca guaiva e non c'era modo di calmarlo. Carezze e coccole risultavano inutili.

Aveva tentato di tutto: abbassato le tapparelle, chiuso le porte e alzato al massimo la musica. Senza successo: il meticcio si era disperato finché quei maledetti scoppi non erano cessati.

«Mi hai sentito?»

La voce lo riporta al presente.

«Sì.»

«Cosa ne pensi?»

«Prima Roberta, adesso Camilla: non sono atti dimostrativi, sono messaggi» replica inforcando gli occhiali. «Preparati con cura e dedizione. Chi li ha commessi era presente in entrambe le occasioni, la prima volta col fucile, la seconda con un telefono per azionare la bomba.»

«Perché rischiare così tanto?»

«Per studiare la mia reazione. Conosce i miei movimenti, le mie abitudini e i luoghi che frequento: è personale, e per colpire me se la prende con chi mi sta accanto. Con quelli a cui tengo.»

«Ne sei sicuro?»

«Una volta può trattarsi di un caso, due è uno schema. Sono avvertimenti.»

«E chi te li manda?»

«Ormai credo sia chiaro, no?»

*

Il Lupo piega la testa all'indietro e fiuta l'aria come un predatore.

Il cielo è grigio e minaccia pioggia. Gli stivali di gomma immersi nel fango e il vento freddo che sferza il volto quasi impedisce di sentire le urla disperate dei fratelli Nisticò.

Nessuno bada a loro, il cantiere deve ancora prendere vita. Ogni cosa è immobile: le gru, i camion, le betoniere e le impalcature deserte.

Fra qualche mese lì, alle porte di Milano, in una zona in piena espansione, sorgerà un nuovo complesso residenziale.

Il tubo continua a sputare cemento liquido e, ormai, Salvo e Domenico sono immersi fino al collo. Piangono, pregano, chiedono di essere risparmiati.

Talarico li osserva un istante prima di chiedere: «Cos'hanno fatto?».

«Hanno perso un carico.»

Il calabrese annuisce e si allontana, come se la cosa non fosse di alcun interesse.

Il Lupo rimane immobile e li osserva sprezzante mentre accende una sigaretta.

«Mi siete costati una fortuna, voi due idioti.»

Aspira una lunga boccata di fumo e resta a guardare finché le teste dei due uomini scompaiono.

*

"La sorte sa essere beffarda."

È la prima cosa che pensa Camilla quando si sveglia in ospedale, nel letto accanto a quello di Roberta.

«Sei venuta a darmi il cambio?» chiede la collega con un sorriso a metà strada fra compassione e rivalsa. Non pare nemmeno una degente da quanto è perfetta: truccata in maniera impeccabile e coi boccoli così vaporosi da sembrare appena uscita dal parrucchiere.

L'infermiera infila la testa nella stanza e le fa l'occhiolino indicando con un cenno malizioso il viso della rivale. Trattengono a stento una risata.

La giovane poliziotta è l'unica a non divertirsi: ha un occhio nero e tre punti di sutura sulla fronte.

Ha trascorso la notte in osservazione e ricorda solo vagamente l'accaduto: Botero davanti alla sala biliardo, lei che ingrana la prima, l'esplosione che le fa perdere il controllo dell'auto; poi il buio.

Dalla porta spunta Desanctis con un paio di caffè recuperati alle macchinette.

«Ecco qui. Sono venuto a vedere come state.»

«È vero che oggi ci dimettono?» domanda Farina.

«A quanto mi risulta sì. Dobbiamo solo aspettare che il medico passi per l'ultima visita e per firmare le dimissioni. Dopo vi faccio riaccompagnare a casa.»

«Non se ne parla» ribatte Cattaneo spazzolandosi i capelli, «io vado alla Cortina di ferro: abbiamo un'indagine da portare a termine.»

«Pure io!» le fa eco Camilla.

Il dirigente sbatte gli occhi, incredulo. «Siete sicure? Un giorno di riposo vi farebbe bene...»

Le due donne si guardano un istante e rispondono all'unisono: «Sicurissime!».

«Come volete. Io, invece, me ne vado a letto. Sono distrutto dopo la notte trascorsa in bianco insieme al vostro commissario!»

Un paio d'ore più tardi un agente accompagna Camilla e Roberta dall'ospedale San Paolo alla Cortina di ferro, scortandole a piedi fino al bunker, come da precise istruzioni del superiore.

«Da qui ce la caviamo, grazie» lo congeda Cattaneo.

Tornare in quel palazzo decadente, a dispetto di ciò che ci si potrebbe aspettare, rappresenta un sollievo per entrambe. Significa essere di nuovo in pista, pronte all'azione e a confrontarsi con Botero. Che le accoglie con un sorriso limpido e uno sguardo così intenso che faticano a non arrossire. Si aspetterebbero un bacio, un abbraccio, ma l'inconfondibile aplomb del commissario non si smentisce nemmeno in quell'occasione.

«Bentornate! È un vero piacere rivedervi!» le accoglie.

Chi, invece, non si astiene dai commenti taglienti sono Piras ed Elvis che, appena le vedono, si mettono a sghignazzare.

Cattaneo ha un braccio appeso al collo, Farina la testa fasciata.

«Devo aver sbagliato reparto» ridacchia il giovane. «Siamo in ortopedia?»

«Falla finita, stupido!» lo riprende scherzosamente Roberta. Tornare in servizio la fa sentire piena d'energia. Pronta a gettarsi nella mischia.

Dalla borsa con dentro gli abiti di ricambio e i trucchi estrae un plico di riviste e le spinge verso Camilla. Sono le stesse che le aveva portato il giorno del suo ricovero.

«Queste adesso serviranno a te, cara mia, visto che il medico ti ha prescritto riposo assoluto per almeno due giorni: così avrai qualcosa da leggere...»

Farina vorrebbe replicare a dovere ma l'Amish ha fissato con due puntine da disegno una nuova fotografia al muro, sopra a tutte le altre. È un'istantanea sbiadita recuperata da un vecchio fascicolo che molti nella squadra Alfa conoscono a memoria. Un uomo col naso affilato, gli occhi chiari e glaciali, i capelli castani cortissimi e le labbra sottili.

Solo Piras non coglie il nesso né capisce di chi si tratti.

«È un nuovo sospettato?» chiede.

«Quest'uomo è l'autore degli attentati a Roberta e Camilla.»

Cattaneo impallidisce. Le pulsazioni aumentano e si sente svenire: è come se fosse ritornata indietro nel tempo.

Botero si avvicina alla lavagna e scrive il nome del nemico che gli ha rubato i ricordi: Jacek Kaminski.

*

«Cosa ci facciamo qui?»

Roberta si sente a disagio e non fa niente per nasconderlo.

Botero le ha chiesto di accompagnarlo con la sua auto, una vecchia Punto color carta da zucchero, in un parcheggio fuori città, dalle parti di Rho.

Arrivando hanno scorto la sommità dell'Albero della vita, l'installazione realizzata per l'Expo e che, purtroppo, non riscuoterà mai lo stesso successo della Torre Eiffel, creata per l'esposizione universale del 1889. Una sera, lei era stata a vedere il gioco di luci e acqua che, ormai, nessuno si godrà più. Un vero peccato, anche se ora ha ben altro per la testa.

Il pomeriggio era cominciato per il meglio, con un brivido di piacere derivato dal vedere la faccia contrariata di Camilla, quando l'Amish aveva scelto lei per la missione. Le preoccupazioni sono iniziate da meno di due minuti, appena giunti a destinazione. Uno stato d'ansia, più che altro: che il bel commissario abbia, finalmente, deciso di sedurla?

Gli indizi, tanto per adoperare un gergo a lui caro, ci sono tutti.

L'ha fatta fermare in una zona isolata, vicino a un muro alto almeno cinque metri. Intorno non c'è anima viva. Come se volesse...

No, è impossibile. Perché non portarla a casa sua o magari da lei, dove sarebbero stati più comodi? Le viene anche in mente che, forse, vuole solo riprendere da dove erano stati interrotti... Da quel bacio scambiato un istante prima che lui schizzasse fuori dall'auto per inseguire Kaminski. La sua nemesi. Magari si è ricordato di quei momenti, di quando rimanevano appostati ore, in attesa. Lei preparava il caffè e lo sorseggiavano in auto, fumando, condividendo la stessa sigaretta. Lui, dopo l'incidente, non ne ha più accesa una e lei lo ha imitato, anche se a casa, da sola, ogni tanto se ne concede un paio senza grandi sensi di colpa. "Deve essersi davvero ricordato" pensa quando si china a rovistare nella borsa di pelle gettata sul sedile posteriore.

Se non fosse così, perché avrebbe portato il thermos? Perché recuperarlo appositamente nella stanza dell'attrezzatura e poi riempirlo prima di uscire? Era il loro rito, la loro complicità.

Quasi senza accorgersene slaccia il primo bottone della camicetta: magari ha bisogno di un incoraggiamento, visto che l'attesa sta diventando estenuante.

Lui la guarda, e i suoi occhi verdi sembrano abbracciarla.

«Mi spieghi cos'hai, Roberta?»

«In che senso?»

«Siamo qui da sette minuti e da cinque tieni le braccia conserte, classica posa consolatoria per neutralizzare i segnali di stress inviati dal sistema limbico.»

«Eh?»

«Non sei a tuo agio! Te l'ho spiegato in termini scientifici, ma a quanto pare...»

"Se solo ti ricordassi perché questa situazione mi innervosisce!" pensa. Quando davano la caccia a Kaminski, il loro ricercato si spostava di continuo da un nascondiglio all'altro e loro non capivano come riuscisse ogni volta a sfuggire. Avevano immaginato che ci fosse una talpa in questura, ma l'ipotesi non era mai stata dimostrata. Gli erano stati alle calcagna per giorni, finché una sera, mentre sorvegliavano un palazzo in via Mecenate, era scattata la scintilla.

"Non si ricorda più di amarmi" pensa lei ogni volta che è giù di morale, "ma io farò in modo che gli ritorni la memoria!"

Appena le loro labbra si erano staccate, con un tempismo quasi sospetto, sull'altro lato della strada era comparso il ricercato. Camminava veloce e si era infilato in un portone. In caso di avvistamento gli ordini erano di avvertire la centrale e di aspettare i rinforzi, ma l'Amish non aveva voluto attendere.

«Ci scapperà se non faccio qualcosa» aveva sentenziato schizzando fuori dall'abitacolo.

Era stato tutto predisposto per farlo cadere in trappola. Senza saperlo, Botero era finito in una stanza dove Kaminski aveva scatenato una tempesta elettromagnetica intollerabile per il cervello umano. Luci stroboscopiche e rumori assordanti, cento volte più potenti di quelli di una discoteca, che avrebbero dovuto trasformarlo in un vegetale. Secondo i tecnici che, in seguito, avevano esaminato le apparecchiature, lo scopo non era di ucciderlo ma di confinarlo in un letto di ospedale. Per fortuna non era successo. L'Amish era finito in coma per alcuni giorni e, al risveglio, la terribile esperienza aveva fatto scomparire dalla sua memoria moltissimi fatti.

Dopo quel giorno Kaminski era sparito nel nulla, risucchiato in un buco nero; almeno fino a tre giorni prima, quando si era rifatto vivo sparandole dal tetto di un palazzo!

Roberta si rende conto che, anche oggi, le sue illusioni devono essere messe da parte, perché il commissario scende dall'auto e inizia a guardarsi intorno, come se un parcheggio deserto potesse rivelare chissà quali verità. Lo osserva camminare fino all'estremità opposta del piazzale, dove si ferma a leggere un cartello.

Quando torna sfoggia un sorriso soddisfatto.

«Come sospettavamo» annuncia. «La ditta che ha in gestione questo posto è un'azienda satellite della Edil.Rho riferibile a Talarico. Deve esserci sotto qualcosa che ancora non comprendiamo. Forse si tratta di una copertura per altre attività, anche perché altrimenti non si reggerebbe in piedi: mille posti e solo una decina di auto parcheggiate? No, c'è per forza dell'altro e oggi proveremo a scoprire di cosa si tratta. Mettiti comoda, perché ci sarà da aspettare parecchio...»

Roberta lo prende alla lettera.

La ferita alla spalla le dà ancora fastidio. Il medico le ha prescritto degli antidolorifici che, come effetto collaterale, causano sonnolenza. Ne butta giù un paio e medita di rifilarne uno di nascosto anche a Botero, così che pure lui possa trovare un po' di riposo dopo tutti quei giorni d'insonnia. Su di lei funzionano alla grande; cinque minuti ed è già nel mondo dei sogni.

Quando si risveglia sono da poco passate le nove di sera.

«Cosa mi sono persa?»

«Non molto. Se hai bisogno del bagno, ce n'è uno vicino alla cassa automatica.»

«Mi hai lasciata qui a dormire mentre ci andavi?»

«Sono stato via poco, e poi cosa potrebbe mai succedere in un luogo deserto?»

"Già" pensa lei. "Magari capitasse qualcosa!"

Invece dice: «Ora vado. Tra l'altro muoio di fame».

«C'è un distributore lì accanto, ma non aspettarti piatti stellati.»

Roberta cena con uno snack al cioccolato e cocco mentre lui si ostina a rimanere sveglio e a digiuno. Quanto potrà reggere il suo fisico in quelle condizioni? Se lo chiede finché, intorno alle undici, finalmente c'è un po' di movimento.

Un furgone grigio si arresta nel centro del piazzale. Intorno non ci sono altre auto, così Botero e Cattaneo possono vedere i due uomini nitidamente: uno è tarchiato, con indosso una giacca scura, e l'altro è calvo, più alto, con un giubbotto di pelle. Il secondo prima si guarda intorno e poi si piega vicino alla ruota anteriore sinistra.

«Cosa fa?» domanda lei.

«Un vecchio trucco: sta appiccicando la chiave con del nastro adesivo all'interno del parafango.»

«A che scopo?»

«Aspetta e vedrai.»

I tizi si allontanano a piedi dal Ford Transit e lasciano il parcheggio. I poliziotti restano in attesa, affondati nei sedili, finché ecco comparire altri due uomini. Il primo è alto e massiccio, il secondo più basso, con indosso una giacca verde.

«Gli stessi descritti da Piras» commenta Botero. «Sono venuti a ritirare il carico.»

Con gesto sicuro, il tipo alto infila la mano sotto il parafango e recupera la chiave.

Un secondo e sono a bordo.

«Seguili! Ma rimani a distanza, ok?»

La sbarra si alza in automatico grazie al Telepass, e il furgone si avvia lungo la strada. La Punto ne è sprovvista ma Botero, quando sono arrivati, ha fatto pagare alla Cattaneo il biglietto per l'intera giornata, così lo infilano nella fessura e sono liberi di seguirli senza perdere tempo.

Gli stanno dietro attraversando la città, da ovest a est. Non c'è molto traffico e possono rimanere a distanza senza perderli di vista. Alla fine il Transit si arresta, con le quattro frecce, in piazza Durante, di fronte a un bar tabaccheria.

Ad attenderli c'è un uomo con dei lunghi capelli grigi raccolti in una coda di cavallo. Purtroppo non riescono a vederlo in faccia perché sono costretti a passare oltre e ad accostare lontano quanto basta per non dare nell'occhio. La serranda si alza e i tre uomini iniziano a scaricare delle casse.

«Rifornimento clandestino di amari?»

«Non credo.»

«Adesso cosa facciamo?»

«Niente, Roberta. Ormai un'idea me la sono fatta; per oggi chiudiamo qui.»

*

Inemuri.

È la parola che gira in testa a Botero: la giornata non si è chiusa come aveva sperato. La stanchezza è tremenda ma il sonno non arriva. Rimane disteso nel letto con gli occhi sbarrati. Sul soffitto si è materializzata l'immagine di un tavolo da biliardo sul quale cerca invano le geometrie per far quadrare l'indagine sull'onorevole avvelenato e la caccia a Kaminski.

Non ci riesce. La testa gli scoppia e la vista è sfocata.

Ripete quella parola: *inemuri*. Un termine giapponese che descrive l'abitudine di appisolarsi per pochi minuti al fine di recuperare un po' di energie. Pagherebbe un anno di stipendio per riposare almeno un quarto d'ora.

Duca ronfa tranquillo sul tappeto ai piedi del letto. Quanto lo invidia! E quanto desidererebbe una vita come quella dei cani! Per la loro spensieratezza e fedeltà, ma soprattutto per la capacità di addormentarsi a comando. Ovunque. A tutte le ore. In tutte le condizioni: caldo, freddo, luce, buio. Magari succedesse anche a lui!

Controlla, una volta di più, le lancette del Bulova: le quattro del mattino. "Inutile continuare con questo *rigor mortis*" si dice, rassegnandosi a trascorrere un'altra notte in bianco.

Si alza con le tempie che pulsano e il sapore di ferro in bocca. Domenico gli ripete sempre che un tempo, a quell'ora, rientrava a casa, magari sbronzo, dopo aver risolto un caso importante oppure con così tanto fumo nei polmoni che la tosse era un sollievo. Ora si è trasformato in una specie di salutista. Niente superalcolici, bandite le sigarette.

L'unica cosa che gli è rimasta dei vecchi tempi è quella maledetta insonnia. Si veste con calma, si avvicina alla porta d'ingresso e stacca il guinzaglio dal gancio.

Il meticcio ha già capito e gli è accanto.

In strada, la metropoli li accoglie ancora addormentata e silenziosa. Pochissime auto in giro. Passano davanti alla Stazione Centrale e svoltano sotto il porticato di via Vittor Pisani. I clochard sono decine quella notte, soli o accompagnati dai loro cani. Dormono tranquilli.

Botero gli cammina accanto, anelando il loro sonno. Arrivato in fondo, all'imbocco di piazza della Repubblica, ritrova il vecchio padrone di Duca.

È sdraiato su un cartone che una volta conteneva dei fustini di detersivo e ha un cuscino lurido sotto la testa. Il Savoy è poco distante, lo si vede illuminato come gli Champs-Élysées a Natale.

«Tu non dormi mai, vero amico mio?» domanda il barbone mentre il cane gli lecca una mano.

«Non quanto vorrei.»

«Ci sono dei pensieri che ti tengono sveglio?»

«Sì. Mi succede spesso.»

«Anche a me capitava, una volta. Poi sono diventato fatalista.» Si tira a sedere sul cartone. «Adesso accetto quello che viene.»

«E sei felice?»

«Non sono felice, però sto bene. Vedi, quello che conta per me non è eliminare l'infelicità, ma mantenerla al minimo.»

12

L'aroma del caffè riempie l'aria.

Roberta si sente felice: i boccoli vaporosi, il trucco a valorizzare gli occhi, perfetto e seducente. Ogni cosa sembra tornata alla normalità. Lei e Botero, soli, nel cucinino della Cortina di ferro per il rito mattutino con la moka. Come il resto dei membri della squadra, preferirebbe le capsule ma, per compiacere il commissario, si adatta a quel sistema.

È consapevole che si tratta solo di una parvenza; su tutti i loro gesti incombe l'ombra di Kaminski. La polizia ha ripreso a cercarlo dopo anni di stasi. Adesso sanno che è vivo e vuole colpire l'Amish e la sua squadra. Perché? Non gli è bastato quello che gli ha inflitto?

Botero ha la faccia di uno che è finito sotto uno schiacciasassi.

Le passa la tazzina accennando un sorriso, lei lo guarda con tenerezza. Può solo immaginare come si senta. Quando non si riposa da così tanto tempo le percezioni si annullano e i pensieri incespicano.

«Devi dormire, non puoi resistere.»

«Una persona può stare dieci giorni senza sonno.»

«Peccato che dopo tre inizino i deliri. E tu ormai sei al quarto.»

«Oggi pomeriggio mi farò un giro in tram, contenta?»

Roberta sorride. Anche quella è una vecchia storia che risale ai tempi in cui davano la caccia al terrorista polacco. In un mattino di pioggia, stanchi e distrutti dopo due giorni senza chiudere occhio, erano saliti su un tram per pedinare un iraniano che avrebbe potuto condurli dal loro obiettivo. Peccato che lo sferragliare, il dondolio e il tepore del *gamba de legn* avessero sortito un effetto inaspettato sul commissario: lo avevano fatto addormentare di botto. Il tram funzionava da sonnifero naturale per lui! Da allora, quando non riesce a chiudere occhio per troppe notti, sale su un convoglio della linea 1 guidato da Domenico e schiaccia un pisolino. Alla fine del turno l'amico lo sveglia e lo riporta a casa, bello riposato e pronto a riprendere l'indagine.

«Quasi dimenticavo: ho una cosa per te.»

«Un regalo?»

Lui infila la mano nella tasca del trench appeso all'attaccapanni. Quando la ritira, tutta l'eccitazione scompare dal volto della donna.

«La tua Beretta. Grazie per avermela prestata.»

La appoggia sul tavolo e lei è costretta a tenere gli occhi bassi per mascherare la delusione.

*

La Cortina di ferro a Desanctis non è mai piaciuta. È una struttura vecchia, decadente, priva di qualunque comodità. Il genere di edificio che, al contrario, va a genio a chi l'ha scelta come base operativa.

Botero sta rintanato in ufficio con due borse scure sotto agli occhi e l'espressione accigliata.

«Hai davvero una brutta cera» lo saluta sedendogli di fronte.

«Alle donne piace questo aspetto un po' trasandato.»

Il capo della Mobile solleva un sopracciglio. Se lo ricorda, il commissario dei tempi d'oro: sigarette, alcol e un fiume di ragazze che gli cadevano ai piedi. Deve essergli rimasta la consapevolezza della sua avvenenza, anche se adesso si è trasformato in una specie di asceta.

«Non sono qui per parlare di avventure romantiche.»

«Meglio così. L'amore è una faccenda emotiva, e qualunque cosa lo sia mi causa un certo imbarazzo.»

«Sei sicuro di stare bene? Straparli più del solito.»

Per tutta risposta, gli fa scivolare davanti un dossier: fogli battuti a macchina e fax anneriti.

«Che roba è?»

«Un osso per te. Ferrara è un vero segugio quando lo sguinzaglio alla ricerca di informazioni in archivio: ce n'è abbastanza per portare un pezzo grosso a San Vittore.»

Desanctis corruga la fronte mentre esamina le carte.

«Fausto Grimaldi, l'assessore regionale. È stato lui ad ammazzare Greco?»

«Figurarsi! Quei due erano come il gatto e la volpe! Al party litigavano per avidità. Lì ci sono le carte relative alla TEEM e, in particolare, all'appalto per la costruzione e la gestione di un parcheggio in zona Cascina Merlata affidato a una ditta satellite della Edil.Rho, un'azienda controllata da Rocco Talarico.»

«C'entra anche la 'ndrangheta?»

«Nell'affare dell'appalto sì, nella morte dell'onorevole no. Greco, Grimaldi e Talarico avevano un accordo vantaggioso.»

«Di che tipo?»

«Riciclo di denaro sporco e traffico di stupefacenti.»

«Sono accuse gravi e servono prove solide.»

«Di Grimaldi sono sicuro. Su Rocco Talarico sto lavorando. Ti posso già dire, comunque, che gli conveniva avere un uomo a Roma *vivo*. Con quel parcheggio stanno ricavando un sacco di denaro.»

«Ma chi ci va, ora che l'Expo è finita?»

«Nessuno. Ed è qui l'affare.»

«Non ti seguo.»

Il commissario sospira: ha mal di testa ed è stanco di dover sempre spiegare tutto.

«Sai come riciclano il denaro sporco le mafie? Attraverso attività legali e, per farlo, non c'è niente di meglio di un parcheggio. Anche se deserto. Immagina: pure se non ci va nessuno, loro dichiarano che è sempre pieno e versano sul conto corrente della società una vagonata di soldi sporchi, spacciati per i proventi dell'attività. Cosa succede allora?»

«Che all'improvviso non sono più di dubbia provenienza ma risultano guadagnati legalmente.»

«Esatto. Certo, dovranno pagarci le tasse, ma si tratta di un piccolo sacrificio a fronte di una montagna di denaro proveniente da traffici di droga, estorsioni e Dio sa cos'altro. Alla fine, per il fisco quegli introiti sono puliti. Lo stesso gioco si può fare con bar e ristoranti, ma un parcheggio è molto più lucrativo perché non devi rifornirti di nulla, né di cibo né di altro, né tantomeno devi assumere personale, visto che ci sono solo le casse automatiche.»

«Geniale.»
«Lo è. Senza contare che può essere usato anche per altri scopi.»
«Vale a dire?»
«Traffico di stupefacenti, ma su questo, come ti ho detto, sto ancora lavorando.»
«Quindi nel riciclo di denaro è coinvolto anche Grimaldi?»
«No, lui e Greco incassavano solo laute mazzette. Peccato che anche loro avessero il problema di giustificare la provenienza di quei soldi...»
«E come facevano?»
«Con delle scorribande ai casinò di Sanremo e di Venezia!»
«Non è contro la legge scommettere al casinò.»
«Lo so, ma riciclare i soldi sì. Ecco, guarda nella documentazione allegata. C'è la lista delle cose che abbiamo trovato addosso a Dario Audisio, il delfino di Grimaldi, quando gli abbiamo fatto svuotare le tasche al Savoy prima di restituirgli il cellulare. Nel portafogli conservava uno scontrino del ristorante del casinò di Sanremo. Cena per due persone, tre giorni prima del party: secondo me è andato col suo capo e ha tenuto la ricevuta per scaricarla.»
«Non prova niente.»
«Aspetta, guarda questo ritaglio di giornale. Cronaca milanese di "Repubblica": un pezzo pubblicato all'indomani dell'elezione di Grimaldi a consigliere regionale. Nella foto a corredo mostra sorridente il suo portafortuna: una *fiche* del casinò di Venezia.»
«E con questo? Significa solo che, ogni tanto, va a giocare alla roulette...»

«No, va a riciclare. Pure qui il metodo è semplice: arrivi, scambi in *fiche* mille euro, una cifra ovviamente sotto la soglia dei controlli, giochi, vinci o perdi un po' di euro e poi passi nuovamente a cambiare le *fiche* in soldi, e voilà: quelli risultano frutto del gioco e sono puliti. Se vanno in coppia sono duemila euro a volta, se lo fanno una volta a settimana sono ottomila al mese per ogni casinò. Sedicimila se frequentano sia Sanremo che Venezia.»

Desanctis cambia espressione: ora è stupito e ammirato. Ma resta scettico su un punto: «Disponi di prove vere, oltre che di uno scontrino e una foto con una *fiche*?».

«Quelle non farai certo fatica a procurartele da solo con i mezzi di cui disponete in questura! Sono convinto che i tuoi tecnici non impiegheranno molto a collegare Grimaldi e il suo scagnozzo ai due casinò.»

«Posso chiarire tutto con un paio di telefonate.»

«Va bene, esci.»

«Prego?»

«Non usare un maledetto cellulare davanti a me!»

«Sì, scusa. Mi metto nella stanza accanto, tanto qui avete un sacco di spazio libero!»

Botero trascorre gli otto minuti della chiamata con gli occhi chiusi, cercando di rilassarsi.

Quando il capo della Mobile rientra è raggiante. «Avevi ragione: Grimaldi c'è dentro fino al collo!»

«Quante volte è andato al casinò negli ultimi tre mesi?»

«Stando ai dati del suo Telepass, quattro volte a Venezia e sei a Sanremo! Lo vedi che la tecnologia può essere di grande aiuto?»

Il commissario è troppo stanco per mostrarsi accomodante.

«Non saprei. Quello di cui sono certo è che la saggezza ti ha inseguito, ma tu sei sempre stato più veloce.»

«Mi stai dando dello stupido?»

«No. Solo del rapido. E a proposito di fretta» aggiunge alzandosi in piedi, «meglio se ci sbrighiamo: ci aspettano nel bunker!»

*

Camilla è di pessimo umore. Non solo la sua auto di servizio è andata distrutta, circostanza che l'ha costretta a una girandola di metropolitane e autobus per arrivare in ufficio ma, a quanto pare, sta anche perdendo la battaglia per la conquista del cuore del commissario. Il giorno precedente lui e Roberta sono stati via, insieme, per tutto il pomeriggio, e poi chissà, forse anche la notte...

Per fortuna, fisicamente sta meglio e si è potuta togliere la benda che la faceva assomigliare a quei reduci del Vietnam che si vedono nei film di guerra anni Settanta, a beneficio di un più sobrio cerotto sulla fronte. Non molto chic, ma decisamente meglio del turbante di garza.

La rabbia dell'attesa è così fastidiosa che, per combatterla, strappa un foglio dal taccuino e inizia a redigere l'elenco dei difetti del commissario, la lista dei motivi per cui dovrebbe detestarlo e non provare nessuna attrazione per lui. Mentre scarabocchia, si ricorda di un vecchio proposito e, con un sorriso perfido sulle labbra, scrive in stampatello: "I dieci comandamenti secondo Botero". Non deve pensarci molto visto che ha tutto sulla punta delle dita. In meno di due minuti ha finito e li rilegge soddisfatta:

1. *Non avrai altro telefono all'infuori del fisso.*
2. *Non nominare il nome del caffè invano se non esce da una moka.*
3. *Ricordati di santificare il trench, un capo adatto a tutte le stagioni.*
4. *Onora la stecca e il biliardo, ma solo se è quello all'italiana.*
5. *Non uccidere la tua forma fisica: evita gli ascensori, usa le scale e conta i gradini.*
6. *Non commettere il sacrilegio di usare un rasoio elettrico!*
7. *Non rubare tempo alla cucina per ingozzarti con cibi precotti o take away!*
8. *Non dire falsa testimonianza: ci pensano già i sospettati!*
9. *Non desiderare la musica d'altri supporti, basta il vinile!*
10. *Non desiderare altro mezzo di trasporto all'infuori del tram.*

Piega il foglio e se lo infila in tasca soddisfatta.

Il tempo, nel bunker, trascorre lento, così in attesa degli altri si mette a sfogliare le riviste della Cattaneo. Quando Botero e Desanctis entrano li saluta senza smettere di girare le pagine. Non è mai andata matta per il gossip: decine di foto con didascalie banali accompagnate da titoli altisonanti. Tutto basato sull'apparenza. Vip al mare, vip sorpresi con l'amante, vip a feste di gala, vip reduci da una notte brava senza trucco, drogati o ubriachi...

«Ti annoi, ispettore?» chiede il capo della Mobile sedendosi accanto a lei.

«Inganno l'attesa con letture istruttive. Aspetti, guardi qui.»

Indica una fotografia.

Desanctis si sporge e anche l'Amish, incuriosito, si avvicina per dare un'occhiata.

Si tratta di un servizio relativo alla cerimonia di chiusura dell'Expo a cui hanno preso parte alcuni personaggi importanti del jet set, oltre a politici e imprenditori. A centro pagina spicca un ritratto dell'onorevole Vincenzo Greco in compagnia della moglie. Sono eleganti e si tengono per mano mentre camminano in quello che era chiamato il "decumano", la via su cui affacciavano i vari padiglioni. Ciò che calamita l'attenzione della Farina, tuttavia, è la donna che compare, un po' defilata, alle loro spalle: Giada Fontana. Non c'è nulla di strano nel fatto che la segretaria accompagni l'onorevole – infatti poco distante da loro si scorge anche il portaborse –, ma è quello che tiene in mano a far accendere più di una lampadina nella testa della poliziotta.

«Cosa stiamo guardando?» domanda il dirigente. «Voglio dire: ok, ci sono l'onorevole, la moglie e il suo entourage all'Expo. E allora?»

«Osservi la segretaria alle loro spalle. Non nota niente?»

«Be', direi che l'amante è più alta e decisamente meglio carrozzata della consorte!» si lascia sfuggire, subito gelato da un'occhiataccia della Farina.

«No! Guardi cosa tiene in mano.»

«Una borsetta?»

«Esatto» conferma l'Amish. «Ma non una qualunque: è una *clutch* Vuitton identica a quella rinvenuta fuori dal Savoy!»

Ora gli occhi di Desanctis brillano.

«Volete dire che è stata la segretaria ad avvelenare Greco?»

«Potrebbe trattarsi solo di una coincidenza.»

«Tu non credi alle coincidenze!»

«Hai ragione: se è la stessa borsa per lei si mette davvero male.»

*

Desanctis e Cattaneo si sistemano dietro al vetro per assistere all'assalto che Botero e Farina lanceranno ai testimoni nella saletta degli interrogatori. Il cerchio si è ridotto a quattro persone, che Piras introduce nell'ordine fornitogli dall'Amish.

Elvis, alle spalle del capo della Mobile e della collega, resta in disparte: ha rovistato nell'archivio per ore per recuperare i documenti su Talarico e Grimaldi e, adesso, se ne sta tranquillo sulla sedia, disinteressandosi di ciò che accade.

Prima di cominciare il capo della Mobile emette un ultimatum: «Se nessuno confessa, puntiamo sulla segretaria!».

Botero vorrebbe rispondere che l'unica cosa che bisognerebbe ricercare è la giustizia, e non un agnello sacrificale, ma si rende conto che si ficcherebbe in un'inutile discussione.

Il primo è Matteo Ferrari, il nuotatore.

Una cassetta vergine da novanta minuti nel registratore, i tasti "Play" e "Rec" premuti in contemporanea e si comincia.

Farina sorride: il ragazzo è davvero bello e i suoi occhi verdi fanno concorrenza a quelli del commissario. Indossa un maglione a collo alto, come nell'occasione precedente, che stuzzica la curiosità dell'Amish.

«Lei ha sempre freddo?»

«Niente affatto: sto benissimo.»

«Allora ci spiega perché si presenta ogni volta con questi maglioni da grande inverno?»

Lui distoglie lo sguardo.

«Allora?» interviene Camilla con voce squillante.

«Mi servono per coprire una cosa.»

«Non sarà per caso un succhiotto?»

Ferrari sgrana gli occhi, poi annuisce controvoglia e abbassa il collo del maglione. Sulla pelle spicca una macchia scura dalla forma inconfondibile.

«Quando è successo?»

Le labbra si increspano. «Durante il blackout non sono stato sempre seduto in poltrona, se capite ciò che intendo...»

Quello è lo spiraglio in cui incunearsi e Botero ne approfitta subito. Estrae dal fascicolo una fotografia e la fa scivolare sotto agli occhi dell'atleta.

È una delle camere della suite, dove si vedono il letto sfatto e tracce di rossetto sul cuscino.

«È questa la scena... del crimine?»

La mezza battuta strappa un sorriso al ragazzo.

«Be' sì, è stato lì che...»

«Lei chi era?» interrompe Farina. La dinamica di quello che è accaduto è scontata, ma hanno bisogno di sapere chi devono depennare dalla lista dei sospetti.

Lui si guarda le mani, strette una all'altra. Esita.

«Allora?»

«Giada.»

«Si riferisce alla signorina Giada Fontana, la segretaria dell'onorevole Vincenzo Greco?» chiede formale Camilla.

«Sì.»

«Pertanto» riassume Botero con un certo compiacimento «ci sta dicendo che lei e la signorina Fontana vi stavate divertendo sotto le lenzuola mentre avvelenavano Greco?»

«Sì. Cioè, non so. Non è durato molto, sapete?»

«Sei veloce non solo in vasca, allora» si lascia scappare Farina, subito richiamata all'ordine da un'occhiataccia del commissario.

L'atleta arrossisce. Spera gli diano un attimo per riprendersi, ma invano.

«Dopo l'amplesso è tornato nel salone, si è avvicinato a Greco, che era ancora vivo e vegeto, e l'ha avvelenato perché voleva Giada tutta per sé, dico bene? Era geloso del loro rapporto.»

«Cosa?» Quasi urla per lo stupore. «Ma neanche per sogno! Era la seconda volta in vita mia che la incontravo. Prima ci eravamo incrociati all'inaugurazione di un locale. Poi sapete come succede: uno sguardo, qualche ammiccamento, è scattata la chimica e... Quando è andata via la luce ne abbiamo approfittato. L'ho presa per mano e siamo corsi nella prima stanza che abbiamo trovato! Una passione furiosa. Eravamo già parecchio eccitati e...»

«Abbiamo capito.»

«È la verità. Ve lo giuro! Chiedetelo a lei se non mi credete!»

«Oh, lo faremo, stia tranquillo!» taglia corto Farina. «La signorina è la prossima che interrogheremo!»

Botero sorride per mettere la ragazza a proprio agio, ma si nota che è affaticato. Ne risente anche il suo modo di fare, più brusco e tagliente del solito.

«Era per caso ubriaca per finire a letto con quel tizio del nuoto durante il party del suo principale?»

Diretto, incisivo, crudele. All'attacco. Desanctis sorride, Roberta scuote la testa.

«Ubriaca? Ma se sono astemia! E poi Matteo mi piace, è un ragazzo bellissimo!» risponde spigliata, senza prendersela per il tono sgradevole della domanda. Cerca una sponda guardando Camilla, che non può fare a meno di annuire. Riflesso condizionato.

«Ci racconti quello che è successo» la incoraggia.

«Un colpo di testa! Durante la serata fra noi è scattato qualcosa, elettricità pura. Sa di cosa parlo, giusto?»

Si rivolge ancora alla poliziotta, che abbassa lo sguardo imbarazzata.

«Quando è andata via la luce mi ha trascinata con lui.»

«Dove si trovava in quel momento?»

«Nella zona della piscina.»

«Accanto all'onorevole?»

«Sì. In un attimo siamo arrivati in una stanza e, un secondo dopo, eravamo sul letto mezzi nudi. Era tutto buio e abbiamo fatto in fretta per paura che la corrente tornasse e qualcuno ci sorprendesse. Non so quanto siamo stati lì...»

«Le statistiche indicano che la durata media di un rapporto sessuale varia dai cinque ai sette minuti» precisa Botero davanti all'espressione sbigottita di Camilla. «Quindi avete avuto il tempo di andare, divertirvi e...»

«Immagino di sì, appena finito ci siamo rivestiti e siamo tornati con gli altri nel salone.»

«L'onorevole dov'era in quel momento?»

«Sempre a bordo piscina, dove l'avevo lasciato poco prima. Oh mio Dio! Non penserete che sia stata io ad avvelenarlo, vero?»

«Come mai tirate sempre in ballo Dio quando succede qualcosa?»

«Prego?»

«Greco era ancora vivo quando è tornata?» chiede Camilla, ignorando l'uscita del commissario.

«Sì, sentivo la sua voce.»

«Perciò è arrivata in tempo per ucciderlo...»

«Certo che no! Io gli volevo bene! E poi perché l'avrei dovuto fare? Ci ho rimesso il lavoro con la sua morte!»

«Perché c'erano le sue impronte sul bicchiere da cui l'onorevole ha bevuto il veleno?»

«Io non lo... Oh mio Dio!»

«Di nuovo tira in ballo chi non c'entra nulla!»

«Me l'aveva passato Francesca, chiedendomi di tenerlo un attimo...»

«Si riferisce a Francesca Rinaldi, la moglie di Greco?» chiede Camilla.

«Esatto.»

«Cazzo!» sbotta Desanctis. «Quindi la moglie voleva avvelenare l'amante?»

«Ma no!» ribatte Cattaneo. «Ha appena detto che è astemia, non avrebbe mai bevuto del whisky! Semmai qualcuno voleva avvelenare la Rinaldi!»

Gli stessi ragionamenti, perfino più edulcorati, devono balenare nella mente dell'Amish.

«Ci sta dicendo che la signora le ha passato un bicchiere con dentro del veleno?»

«Non so se ci fosse dentro il veleno!»

«Se non c'era gliel'ha versato lei. Come la mettiamo? La sta accusando?»

«Ma figurarsi! Non lo farei mai!»

Gli occhi le si riempiono di lacrime e Camilla deve tirare fuori i soliti Kleenex.

Il commissario ne approfitta per affondare il colpo. Estrae dalla tasca dei pantaloni la foto della rivista, la distende sul tavolo e indica la Vuitton.

«Questa borsa è ancora in suo possesso?»

La donna sbianca. «Non so, immagino di sì. Sarà a casa, da qualche parte, anche se, a dire il vero, è qualche giorno che non la trovo più...»

«Sta mentendo!» commenta Desanctis scuotendo la testa. «Ne sono sempre più convinto! Per me è stata lei!»

«Ce l'ha o no?» insiste Botero.

«Forse l'ho persa.»

«In questo caso, *forse* l'abbiamo trovata noi.»

Dal fascicolo recupera una foto dove si vede la *clutch*

infilata in uno dei sacchetti per le prove in dotazione alla polizia.

«È stata rinvenuta in mezzo a dei rovi, accanto al Savoy. Magari presa dal panico l'ha gettata dalla finestra?»

«E perché mai avrei dovuto? Sa quanto costa?»

«Perché dentro c'era questo» replica lui mostrandole un'altra immagine, dove si vede il tubetto di cianuro con le scritte in spagnolo.

«Mai visto prima.»

«Quella borsa è sua, no?»

«Non lo so! Ci sono le mie impronte sopra?»

Botero non replica, ma decide di cambiare strategia e argomento.

«Lei è una libertina?»

«Mi scusi?»

«In giro si dice fosse l'amante dell'onorevole. E il fatto di tradirlo così, sotto al naso, durante la sua festa, ci fa pensare...»

«Vuole usare qualche altro epiteto per definirmi?» Il tono di Giada adesso si è fatto duro. «Cadere nei soliti stereotipi?»

«Non mi permetterei mai! Anzi, mi scusi se le ho dato questa impressione. Vorrei giusto chiederle, senza alcuna malizia, come si definirebbe.»

«Fluida.» Lo sguardo è sempre crucciato, ma la voce è tornata normale. «E "libera", non libertina. Abbiamo finito?»

Si è alzata in piedi. Gli occhi del commissario indugiano sul décolleté abbastanza a lungo perché Camilla gli dia un pizzicotto sulla gamba.

Desanctis ridacchia e Cattaneo lo fulmina con lo sguardo.

«Per ora può andare, ma, se vuole un consiglio, signorina, si cerchi un bravo avvocato!»

Giada esce con lo sguardo basso.

Appena la porta si chiude Camilla si rivolge piccata a Botero: «Ti eri imbambolato?».

«Niente affatto. Stavo indagando e valutando...»

«Come no! Adesso si chiama così... Ma per piacere!»

Alessandro Barbieri è l'ombra dell'uomo che hanno interrogato quattro giorni prima.

Ha abbandonato la cravatta e il vestito che indossa sembra di una taglia troppo larga.

«Sta bene?» chiede Camilla preoccupata.

Lui scuote la testa e fa un gesto con la mano, come a dire che non è importante.

La morte dell'onorevole deve essere stata un duro colpo per il giovane portaborse, che appare davvero distrutto dal dolore.

Botero non si lascia impietosire.

«Mi fa vedere le mani per favore?»

Barbieri, seppur stupito per la strana richiesta, le distende a mezz'aria davanti a sé e l'Amish le osserva stringendo gli occhi.

«Grazie. Ora mi dica: perché ha avvelenato il suo capo? La sfruttava? Non la pagava abbastanza?»

Basta questo per far disperare l'uomo.

«Ma no, andava tutto benissimo! Io non farei mai una cosa del genere!»

Gli occhi già pieni di lacrime e la voce rotta dall'emozione.

«La bullizzava o, magari, la discriminava per la sua omosessualità: per questo l'ha ucciso?»

La bocca del portaborse si spalanca.

«Io non sono...» prova ad articolare. «Come le viene in mente? Vincenzo era una brava persona e poi...»

Non ce la fa a concludere la frase, si deve asciugare il viso con un fazzoletto.

«Certo che Botero è una iena quando ci si mette» commenta Desanctis.

«Deve essere la stanchezza» ribatte Cattaneo. «Ha bisogno di dormire, o al prossimo che gli capita a tiro cava gli occhi a mani nude!»

Il commissario lascia a Barbieri il tempo di ricomporsi, tanto da fargli pensare che il peggio sia passato, ma è una falsa speranza.

«Se non è stato lei, come spiega la presenza delle sue impronte sul bicchiere da cui l'onorevole ha assunto il veleno?»

Il testimone appare sempre più nel pallone. «Quel bicchiere non era per lui! Era stata sua moglie Francesca a chiedermi di prenderle qualcosa da bere, e così ho fatto.»

«Del whisky?»

«Esatto, lei lo adora.»

«E come giustifica il fatto che dentro ci fosse la roba che lo ha ucciso?»

«Non lo so, ve lo giuro!»

«Voleva forse avvelenare la signora Greco? Non la sopportava, la faceva sentire diverso?»

«Ma no! E la smetta con queste insinuazioni! Andavamo tutti d'accordo! Non c'erano rancori fra noi!»

«Tutti chi?»

«Be', noi quattro. Io, Vincenzo, Francesca e Giada.»

«È stata forse la signorina Fontana a versare il veleno nel bicchiere? Ci sono anche le sue impronte sopra.»

«Io non ne ho davvero idea! Ho riempito il bicchiere, l'ho portato alla signora e, un istante dopo, è andata via la luce. Non so cosa sia successo poi, e chi l'abbia maneggiato! Ve lo giuro!»

Francesca Rinaldi indossa un blazer blu e dei pantaloni dello stesso colore. Ha i capelli raccolti in uno chignon e il consueto rosso fuoco sulle labbra.

«Mi lasciate sempre per ultima, come mai?»

«Perché lei è quella che ha le cose più interessanti da dire. Per esempio: sa spiegarci da dove derivava l'ossessione di suo marito per il numero cinquanta?»

«La fissazione, in realtà, era per il numero cinque e per tutti i suoi multipli; un'autentica fobia. Ha perfino un nome questa roba, sapete?»

«Certo, si chiama "aritmomania"» ribatte Botero, come fosse una nozione che insegnano in prima elementare.

«Vincenzo era convinto che il cinque gli portasse fortuna, ma non era solo scaramanzia, aveva davvero una fissazione a riguardo. Una forma di disturbo compulsivo che lo spingeva a contare le sue azioni – quando usciva di casa ricontrollava cinque volte di aver chiuso a chiave – o gli oggetti in una determinata stanza. Non l'ha notato quando ha frugato nei cassetti? Cinque paia di calzini, cinque boxer, cinque camicie sempre stirate. E potrei andare avanti per ore: cinque calici nella credenza, cinque piatti fondi, cinque piani, e così via. A chi glielo faceva notare rispondeva che molti grandi uomini avevano una forma di mania per i numeri.»

«Sì, lo sappiamo. Nikola Tesla col numero tre, Dickens col diciotto...»

La donna annuisce, poco stupita che l'Amish sia ferrato sull'argomento.

«Faceva anche lui esempi di questo tipo: magari se li inventava. Con Vincenzo non si capiva mai. Per questo era un bravo politico. E, comunque, nel caso del party, c'era anche una ragione pratica: far entrare più di cinquanta persone nella suite sarebbe stato impossibile!»

Botero sembra soddisfatto della spiegazione mentre Desanctis e Roberta si scambiano un'occhiata: anche oggi hanno imparato qualcosa.

«Secondo vari testimoni, lei ha passato a suo marito il bicchiere di whisky in cui c'era del cianuro. L'ha fatto perché la vita da vedova le sembra più allettante? Per ereditare?»

«Ha uno strano senso dell'umorismo, commissario.»

«Non volevo farla ridere. C'erano le sue impronte: è stata l'ultima persona che l'ha maneggiato prima di passarlo all'onorevole?»

«Sì, e per fortuna non ho bevuto, altrimenti ora non sarei qui a raccontarlo!»

«Era per lei quel whisky, dico bene? È la prima cosa che le ho visto fare quando siamo venuti a casa sua, e nella lavastoviglie c'erano dei bicchieri macchiati di rossetto...»

«Certo, è così. E quella sera avevo chiesto ad Alessandro di versarmene due dita. Il tempo di portarmelo ed è andata via la corrente. Vincenzo, forse sorpreso o spaventato, aveva iniziato a tossire. Così, gli ho allungato il bicchiere perché bevesse e gli passasse. Lo so, il whisky non è certo il massimo, per riprendersi dalla tosse, ma è quello che avevo a disposizione. Ero agitata per il buio e lui non smetteva di tossire...»

«Invece l'ha ucciso.»

Un silenzio cupo cala nella saletta. La donna ha gli occhi rossi e si sforza di non piangere. Camilla ha pronti i soliti fazzolettini, ma non ce n'è bisogno.

«Ha idea di come siano finite le impronte di Giada sul bicchiere?»

«Credo di averglielo passato un momento mentre cercavo qualcosa nella borsa, non ricordo esattamente.»

«Pensa che il veleno fosse destinato a lei? Magari per qualche motivo il portaborse nutriva del rancore nei suoi confronti? Oppure la segretaria voleva farla fuori per avere campo libero con l'onorevole: pare fossero amanti. Le risulta?»

«Sono un mucchio di sciocchezze!»

Botero la fissa negli occhi. Qualche secondo, senza parlare. Poi con un cenno della testa la invita a lasciare la stanza.

Desanctis, come un avvoltoio sulla carogna, compare un attimo dopo, tutto eccitato.

«Quindi? Arrestiamo Giada? È evidente che sia lei l'assassina, no? Cosa ne pensi?»

Il commissario fatica a parlare e il suo sguardo è privo di luce.

«Penso che, a parte il nuotatore, gli altri non ci abbiano rivelato tutto. Ci nascondono qualcosa, solo che adesso la testa mi scoppia e non riesco più a ragionare: ho un disperato bisogno di dormire.»

*

«Ti senti bene?» chiede Roberta accostando l'auto e azionando le quattro frecce.

Botero si trascina a fatica fuori dall'abitacolo e lancia un'occhiata svogliata all'Arco della pace. In lontananza, alle spalle del monumento, si intravede la sagoma del Castello Sforzesco.

«Sono a pezzi per dormire e troppo stanco per stare sveglio» risponde dirigendosi verso le fermate dei tram.

Per fortuna, il suo sonnifero naturale ormai è a portata di mano. Due minuti e Domenico, col suo *gamba de legn* sferragliante, sarà lì. Salirà a bordo, si leverà il trench, lo appoggerà al finestrino a mo' di cuscino e cadrà fra le braccia di Morfeo per alcune ore.

Cattaneo riparte piano. Imbocca corso Sempione in direzione opposta rispetto al tram della linea 1 che sta sopraggiungendo, riconosce l'uomo alla guida e si scambiano un gesto di saluto.

Dormire mentre il compagno di biliardo guida il tram è un'abitudine cara a Botero. Come quella di salire sempre alla medesima fermata. Qualcosa che fa a ogni indagine. Un'abitudine *prevedibile.*

"Oh no! Lui lo starà aspettando!"

Quando se ne rende conto ormai è tardi: dallo specchietto retrovisore vede il binario alle spalle del tram sollevarsi come durante un terremoto. Una fiammata violenta si sprigiona sotto la vettura facendola crollare su un lato. Vetri rotti, allarmi che suonano, sangue e urla.

Botero, fermo sulla banchina, assiste impotente alla scena. Domenico viene sbalzato dal posto di guida, il suo corpo rompe il vetro e atterra sui sampietrini della piazza. Intorno sirene, grida, pianti disperati, e il suo amico immobile che non si rialza.

13

Il Niguarda è un colosso di marmo bianco inaugurato nel 1939 dopo sette anni di lavori, dalle linee pulite ed essenziali, tipico esempio d'architettura razionalista. È circondato da un parco rigoglioso che gli vale il titolo di "ospedale giardino" più bello d'Europa.

Tutte nozioni che Botero ha letto sui quotidiani insieme a vagonate di dati statistici, secondo i quali il nosocomio è dotato di millecinquecento posti letto.

In una delle stanze singole giace Domenico, in coma vigile.

Un *deja vù* della condizione in cui si era trovato anche lui cinque anni prima, dopo la trappola di Kaminski.

Il volto dell'amico è pallido, bende e cerotti coprono le numerose ferite. Il corpo è collegato agli apparecchi che monitorano il battito cardiaco, la pressione sanguigna e le funzioni vitali. Un tubo di ossigeno gli esce dal naso, mentre una flebo nel braccio sinistro porta liquidi e farmaci. La stanza è silenziosa, con le pareti bianche e il pavimento lucido. L'odore di disinfettante è forte e pungente.

Il commissario, gli occhiali scuri addosso per proteggersi da luci e macchinari, gli staziona accanto da quando ce l'hanno trasportato in codice rosso. Continua a rivedere la scena: l'esplosione sulle rotaie, il tram che si solleva e crolla sul lato come un gigante di ferro, il rumore di vetri in frantumi, l'amico che viene sbalzato fuori e compie un volo di alcuni metri...

A bordo c'erano una decina di passeggeri, tutti rimasti feriti, tre dei quali in modo grave, ma non in pericolo di vita. Tranne l'autista.

La situazione è tragica, ma almeno un effetto positivo l'ha scaturito: Botero, rimasto a vegliarlo per tutta la notte, rannicchiato sulla sedia al suo fianco, ha finito per addormentarsi. Crollato dopo le fatiche di quei giorni intensi.

Quando ha riaperto gli occhi, dopo un sonno ininterrotto di quasi otto ore, ha accarezzato la testa all'amico, senza ottenere nessuna reazione.

«Ho capito adesso: non è il tram che mi fa dormire, sei tu, Domenico!»

Avrebbero riso, se l'altro fosse stato sveglio.

*

Il bar Sila è una specie di budello lungo e stretto dove la pulizia è un optional e gli avventori non sono molto loquaci.

«Avevi nostalgia?» chiede Roberta arrestando l'auto sul lato opposto della piazza.

«Due sere fa li abbiamo visti scaricare le casse; oggi

voglio farmi un'idea di che genere di posto sia» risponde Botero, che sembra rinato dopo il sonno ristoratore.

Poco dopo le sette si era presentata in ospedale Grazia, la sorella di Domenico, identica a lui se non per i capelli lunghi e neri, il mascara e dieci anni di meno.

Si erano parlati e lei lo aveva ringraziato per aver vegliato sul fratello. Botero aveva risposto che non sarebbe stato un problema assisterlo ancora, visto che di notte non dormiva, così si erano accordati per fare i turni; la sorella sarebbe rimasta di giorno e lui le avrebbe dato il cambio dopo il lavoro.

Si era poi avviato a piedi verso casa dove, dopo una doccia e il rito purificatore della barba, Cattaneo era passata a recuperarlo.

«Mi dispiace per quello che è successo all'Arco della pace. Ho capito tardi che si trattava di una trappola. Tu eri troppo stanco per rendertene conto, avrei dovuto avvertirti.»

«Non è colpa tua: non potevi saperlo.»

Davanti alla porta d'ingresso stazionano due energumeni: uno alto e massiccio, l'altro più basso con indosso una giacca verde.

«Sono quelli che hanno recuperato il furgone al parcheggio» sussurra Roberta.

Stanno immobili a fumare con l'aria annoiata come fossero clienti, e non tirapiedi.

Botero nota un rigonfiamento sotto le giacche, le pistole infilate in cintura, e il dettaglio non sfugge nemmeno alla Cattaneo, che s'irrigidisce all'istante.

Dietro il bancone sosta un tizio tatuato, testa rasata, muscoli in vista e pizzetto. Assomiglia più a un buttafuori che a uno disposto a prepararti un toast o a venderti un gratta e vinci. Li accoglie con un «Buongiorno» a mezza bocca.

La donna ordina un caffè mentre il commissario si sporge oltre il bancone per recuperare di fianco al lavandino una bustina di zucchero di canna.

Il barista lo osserva e chiede: «Per te niente?».

Il lei è un optional da quelle parti.

«Il bagno» risponde Botero.

L'uomo indica con un cenno la porta in fondo.

Nell'unico tavolino presente, un uomo consulta con attenzione un quadernetto nero. Porta i lunghi capelli grigi raccolti in una coda di cavallo. Quando l'Amish gli passa accanto si fissano per una frazione di secondo, dopodiché il tizio ritorna alla sua occupazione.

Qualche minuto dopo, i poliziotti si ritrovano sul marciapiede, abbastanza distanti dai due tizi di guardia da poter parlare in libertà.

«Com'era il caffè?»

«Sapeva di cicoria. E il bagno?»

«Minuscolo, senza finestra. La turca coi piedoni. Esperienza indimenticabile.»

«Dove tengono tutte quelle casse in un luogo così angusto?»

«Quando mi sono piegato a prendere lo zucchero ho intravisto qualcosa: forse ho un'idea.»

«E pensi di condividerla?»

«Preferirei di no.»

*

Il ciuffo si è appiccicato alla fronte. Elvis impreca: l'hanno lasciato solo alla Cortina di ferro proprio il giorno in cui consegnano tre scatoloni pieni zeppi di dossier! Quando ormai, sudando e sbuffando, li ha trasportati fino al secondo piano, ecco che, come per magia, i colleghi ricompaiono.

I primi sono Farina e Piras, subito seguiti, neanche si fossero accordati sull'orario, dalla Cattaneo e Botero.

Li saluta con un grugnito mentre, con un taglierino, inizia ad aprire i cartoni per vedere cosa contengono.

«Com'è andata in questura?» chiede l'Amish appoggiandosi a uno degli armadi di metallo dello stanzone.

Camilla appare preoccupata e non fa niente per nasconderlo.

«Abbiamo convenuto di essere in pericolo; tu, in particolare.»

«Ma non mi dire.»

«Gli artificieri che hanno eseguito i rilievi sui binari del tram saltato in aria all'Arco della pace hanno stabilito che si trattava di Semtex. Sai cosa significa, vero?»

Botero finge di non capire, così lei conclude la frase: «È un esplosivo al plastico brevettato in Cecoslovacchia ai tempi della Guerra fredda. E indovina? Kaminski proviene dalla Polonia, uno dei Paesi dell'ex Patto di Varsavia che lo utilizzavano. Deve avere ancora delle scorte, o dei collegamenti per procurarselo».

«Tutte le auto di pattuglia di polizia e carabinieri hanno ricevuto la sua foto segnaletica e lo stanno cercando» aggiunge Piras.

«Peccato che quell'immagine risalga a più di cinque

anni fa; chissà com'è riuscito a camuffarsi oggi. Altre buone notizie?»

«Desanctis ci ha ordinato di arrestare qualcuno entro sera per l'omicidio di Greco.»

«Sempre meglio.»

«Voi, invece, avete qualche nuova pista?» chiede Farina.

«Forse» replica acida Roberta. «Peccato che, come al solito, il nostro commissario voglia tenerla solo per sé.»

«Magari spera in un colpo di fortuna» lo stuzzica l'altra, sapendo bene a cosa andrà incontro. Non sbaglia, perché Botero s'inalbera all'istante: «La fortuna è un concetto offensivo per un investigatore! L'idea che nell'universo esista una forza che dirige gli eventi pro o contro di noi è del tutto ridicola. Solo gli idioti ci fanno affidamento!».

«Adori offenderci, vero?»

«Espongo solo i fatti con razionalità. E per quanto riguarda il nostro sopralluogo al bar di stamattina, ci sono ancora parecchi aspetti da chiarire.»

«Sarebbe a dire?» domanda interessata Cattaneo.

«Che abbiamo bisogno di un segugio per trovare le informazioni!» Lo dice rivolgendosi a Elvis, il quale scuote energicamente la testa.

«Non se ne parla. Devo classificare la roba che c'è in questi scatoloni!»

«E se ce ne occupassimo io e Piras?»

«In questo caso sono tutto orecchi.»

«Devi recuperarmi tutto quello che puoi sul bar Sila di piazza Durante. Chi è il proprietario, il barista, i dipendenti, se ce ne sono, e così via. Scava a fondo più che puoi, intesi?»

«Qualche indicazione ulteriore che mi possa aiutare?»

«Il capo è sulla sessantina e porta i capelli con la coda.»

«Davvero molto su cui lavorare!»

«Accontentati» ribatte Botero avvicinandosi incuriosito agli scatoloni. «Di cosa si tratta?»

«Sono le carte rubate nel caso Lobascio. Il colpevole le teneva nella cantina di un vicino, nei sotterranei del suo palazzo. Andrebbero restituite allo studio legale ma, visto che dopo la morte dell'avvocato non ha più riaperto e l'indagine era nostra, le hanno spedite qui in attesa di trovare una sistemazione.»

«Posto ne abbiamo, no? E poi magari lì dentro c'è qualcosa d'interessante. Dario, fammi un piacere: sistema i faldoni su quel tavolo: voglio darci un'occhiata prima che spariscano nei meandri dell'archivio, ok?»

Piras sbuffa e si mette all'opera.

«Noi andiamo a pranzo» annuncia Camilla. «Ti aspettiamo al bar appena hai fatto, d'accordo?»

Il giovane ripone il materiale sul tavolo e, dopo cinque minuti, scompare a sua volta giù dalle scale.

"Il richiamo della tavola" pensa il commissario mettendosi a controllare il materiale. Non adotta nessun metodo particolare, salvo la lettura veloce. Apre un dossier, lancia un'occhiata, memorizza il nome del cliente e qualche informazione che suscita la sua attenzione, quindi si dedica al successivo.

Esaurisce il primo faldone in venti minuti senza che nulla l'abbia colpito, se non il fatto che il defunto avvocato Lobascio aveva una predilezione per la difesa dei colpevoli: truffatori, ladri e perfino assassini. Attacca col secondo con poche speranze e, infatti, i primi otto fascicoli scorrono sotto le sue dita come acqua in un torrente.

Poi, all'improvviso, ecco qualcosa che attira la sua curiosità: una cartelletta dove, anziché il nome, viene riportata solo una lettera, che gli apre uno squarcio nel petto: K.

Comincia a leggere con mani tremanti i pochi appunti scarni, scritti in stampatello dall'avvocato:

NUOVO CLIENTE. ORIGINE POLACCA? MARCATO ACCENTO DELL'EST.
RICHIEDE ASSISTENZA PER TRANSAZIONI FINANZIARIE INTERNAZIONALI.
RIFERISCE DI VIAGGIARE SPESSO PER LAVORO. RETE DI CONTATTI ESTESA.
RICHIEDE TRANSAZIONI DI GRANDI SOMME DI DENARO SU CONTO CORRENTE ESTERO DI CUI FORNISCE ESTREMI.
INSISTE PER MASSIMA DISCREZIONE, NON VUOLE CHE IL SUO NOME APPAIA IN NESSUN DOCUMENTO. E NON ME LO COMUNICA NEMMENO. DICE SOLO DI CHIAMARSI K.

Botero rivede i fari che gli vengono incontro nella notte. Non può muoversi, stordito per la luce accecante e la musica alta. E, a un tratto, davanti gli si para Kaminski!

Non ha dubbi: quel dossier riguarda il suo nemico!

Allegati ci sono un paio di documenti. Su uno sono riportati gli estremi per il versamento dei fondi: una banca alle Cayman, isole famose per la riservatezza dei loro istituti bancari e, soprattutto, per essere dei paradisi fiscali.

Sull'altro una serie di cifre – probabilmente i pagamenti effettuati – accompagnate dal nome di una società cui intestare le fatture, perché Lobascio doveva comunque giustificare i suoi compensi. Sempre molto lauti, fra l'altro: intorno al 5 per cento di ogni transazione, per cifre che andavano dai centomila euro in su. L'ultimo era avvenuto a inizio settembre, qualche giorno prima che l'avvocato fosse ucciso.

L'Amish impiega poco a mettere insieme i pezzi: il criminale si serviva di Lobascio per compiere operazioni finanziare che non potevano essere ricondotte in nessun modo a lui. Probabilmente si presentava nello studio con delle valigette piene di soldi che l'altro pensava a ripulire e, dopo aver trattenuto la sua parcella, versava sul conto alle Cayman.

«Il posto peggiore per mantenere un segreto è in un altro essere umano. Specie se si tratta di un avvocato» sussurra.

Si rigira in mano il foglio con l'indirizzo e il nome della ditta: Tradek Bridge srl. È certo che, se verrà effettuato un controllo, risulterà intestata a un prestanome o, addirittura, si rivelerà una società fantasma. Reale, invece, è l'indirizzo postale a cui l'avvocato inviava le fatture: via San Faustino, quartiere Ortica. C'è anche il numero civico.

Certo, sono passati più di due mesi dall'ultimo contatto.

Potrebbe aver traslocato.

Potrebbe non esserci nemmeno mai stato, ma aver scritto solo un indirizzo plausibile.

Potrebbero essere successe un sacco di cose nel frattempo...

La mente di Botero ritorna di nuovo all'auto che gli

corre incontro, alla musica assordante, alle luci accecanti, e per un secondo, uno soltanto, al viso del suo nemico.

Non ci riflette un istante di più; ormai la decisione è presa. Si precipita giù dalle scale senza pensare alle conseguenze e ai pericoli, mettendo da parte la razionalità.

Proprio come cinque anni prima.

*

Di ritorno alla Cortina di ferro, un'ora dopo aver lasciato Botero a scartabellare, trovano i faldoni abbandonati.

Roberta capisce subito. Si potrebbe definire istinto, senso di protezione.

«Dario, vai a controllare se il commissario è nel suo ufficio.»

Non è una richiesta, è un ordine, e Piras si precipita.

Anche Camilla inizia ad agitarsi: non è da lui andarsene a metà giornata senza una spiegazione.

«Forse Domenico si è aggravato» ipotizza Ferrara. «Provo a telefonare al Niguarda per avere notizie.»

Cattaneo, però, sa che non è così. Lo sente.

«Nel suo ufficio non c'è» annuncia il giovane sardo. «Scendo a controllare nel bunker e nella stanza dell'attrezzatura. Non si sa mai.»

Le due donne si scambiano un'occhiata preoccupata.

Roberta si avvicina al tavolo e le cade l'occhio sul fascicolo contraddistinto con la lettera K.

«Il caso non esiste» recita. Uno dei mantra preferiti da Botero.

Camilla le è subito accanto, ed entrambe leggono gli appunti a matita dell'avvocato.

«Pensi che questo nuovo cliente di origine polacca sia Kaminski?» domanda Farina.

L'altra non risponde. Nella sua testa sta andando in scena la replica di un film che non vorrebbe più vedere: è tornata a quel maledetto giorno di cinque anni prima, al 20 maggio del 2010, quando il commissario era sgattaiolato fuori dall'auto per infilarsi nell'edificio dove l'attendeva una trappola.

Tutto era partito da un biglietto. In uno dei rifugi abbandonati del criminale, dentro un bidone della spazzatura, avevano rinvenuto un foglietto strappato in mille pezzi. Li avevano rimessi insieme con pazienza: sopra, scritto a penna, c'era l'indirizzo del palazzo di via Mecenate. Quel pizzino, in pratica, era stata l'esca piazzata ad arte da Kaminski. E Botero, seppur nel pieno delle sue facoltà, aveva abboccato senza esitazione.

E se fosse così anche stavolta? Se lo scatolone con i documenti, o proprio quel dossier, magari infilato ad arte lì dentro, fosse l'ennesima trappola elaborata dal criminale per attirare il commissario e ucciderlo?

«Qui c'è l'indirizzo» le ricorda Camilla. «Andiamoci con la tua macchina; forse facciamo in tempo. Intanto dico a Desanctis di mandare rinforzi.»

Roberta annuisce, ma è ancora sconvolta dai pensieri che ha fatto.

«È una trappola» sussurra mentre insegue la collega giù per le scale.

*

A Botero sudano le mani. Arrivare a destinazione non è stato semplice. Prima il tram 14 dal Lorenteggio, quindi, dopo un pezzo a piedi, il 5 fino al capolinea: l'Ortica.

Non poteva mettere piede su bus o metropolitane: il rischio di un attacco sarebbe stato troppo elevato.

Adesso cammina veloce verso il palazzo di via San Faustino. La pistola, una decisione presa all'ultimo minuto, gli pesa nella fondina ascellare. Era già arrivato al piano terra della Cortina di ferro quando aveva deciso di risalire in ufficio e recuperare la Beretta dal cassetto dove la tiene chiusa a chiave. Erano mesi che stava seppellita lì dentro, inutilizzata. Oggi forse gli servirà.

Anche se scaccia il pensiero ogni volta che si ripresenta, è consapevole che, con ogni probabilità, sta andando incontro a un'altra trappola. Stavolta, però, ci arriva preparato: se ci sarà una stanza maledetta ad attenderlo sarà pronto a reagire con una scarica di pallottole.

Giunto davanti all'ingresso asciuga le mani sui pantaloni e respira profondamente per calmarsi.

Non c'è portineria, ma riesce a entrare nell'androne senza difficoltà, approfittando dell'uscita di un signore con un barboncino.

Sulla parete di sinistra, di fronte alla rampa delle scale, sono allineate le cassette delle lettere. Il suo sguardo corre veloce a individuare quella della Tradek Bridge srl: è la terza da sinistra, ed è vuota.

Ignora l'ascensore e si avvia su per le scale, contando, come sempre, il numero dei gradini. Non sa a che piano si trovi la società, così è costretto a leggere tutte le etichette sui campanelli. Niente ditte. Solo cognomi di privati. Al sesto piano scorge qualcuno sopra di lui che sta entrando nell'ascensore. Giusto un'ombra scura prima che la cabina inizi a scendere.

Sale un'altra rampa ed eccola, la scritta "Tradek". La porta è socchiusa. Estrae la Beretta, pronto a fare irruzione.

L'ascensore è arrivato al pianterreno. Il cigolio della porta che si apre, seguito da una voce che rimbomba nella tromba delle scale.

«Mi hai mancato anche stavolta.»

Quella voce. Botero sente il sangue gelare, si sporge e punta l'arma verso il basso, ma è un tiro impossibile. Non c'è abbastanza spazio e il proiettile potrebbe rimbalzare e finire chissà dove.

«Fermati!» gli urla correndo a rotta di collo giù per le scale.

«Non è oggi il giorno in cui ci scontreremo.»

Un buon italiano, seppure con un forte accento dell'Est.

«Perché, hai paura?»

Lo sente ridere. Una risata sincera, divertita.

«Al contrario: ho pietà di te. Se il destino vuole, ci rivedremo.»

«Io non credo nel destino!»

«Nessuno è così ingenuo da crederci, commissario.»

Botero scende più veloce che può, ma arrivato nell'androne, madido di sudore, lo trova deserto.

Esce in strada, però di Kaminski non c'è più traccia: gli è sfuggito ancora! E un dubbio feroce lo assale: perché non ha cercato di ucciderlo?

*

L'androne adesso è pieno di polizia, così come il settimo piano, dove si trova l'appartamento del terrorista. Sono arrivate decine di pantere a sirene spiegate e anche Camilla e Roberta con la Punto.

Botero osserva i lampeggianti inebetito. Ha riposto la pistola nella fondina e medita sul senso di ciò che è accaduto. Almeno ci prova, prima di venire travolto dalla Cattaneo, che lo afferra per il bavero.

«Sei pazzo a presentarti da lui da solo? Lo so che non ti ricordi quello che è successo l'ultima volta, ma sapevi comunque a cosa andavi incontro, no?»

«Stavolta non era una trappola, ma un avvertimento.»

«Di che genere?» chiede Farina. Anche lei è visibilmente agitata.

«Per saperlo devo salire. Finora me l'hanno impedito.»

«E meno male!» sbotta Roberta.

Le porte dell'ascensore si spalancano e compare Desanctis, bianco come un cencio.

«C'è qualcosa che devi vedere» annuncia.

Botero si avvia con calma su per le scale.

Le due colleghe lo seguono. Sono pronte a tutto, anche allo scoppio di una bomba nascosta sotto uno scalino, così si sobbarcano quella fatica volentieri per stargli accanto.

Giunti in cima riprendono tutti fiato prima di entrare.

Uno degli agenti sulla porta scuote la testa. «Vi avverto che non è un bello spettacolo.»

L'Amish infila gli occhiali scuri. Camilla, nervosa, sfiora il calcio della pistola con le dita, come se dovesse estrarla da un momento all'altro.

Il poliziotto non ha esagerato: è un macello. Sul pavimento del piccolo salotto ci sono i cadaveri di tre persone. Tre cinesi con la gola tagliata. Sangue ovunque.

«Sappiamo chi sono?» chiede il commissario.

«Sì, in tasca avevano ancora i documenti» risponde Desanctis dal pianerottolo. «Si tratta di Chen Wang e di due suoi nipoti, Wu e Li. Nati in Italia, doppia cittadinanza. A quanto risulta da un primo controllo gestivano un commercio all'ingrosso a Chinatown. Per ora non sappiamo altro.»

Roberta non riesce a sopportarne la vista e corre fuori tenendosi la mano premuta sulla bocca.

Botero dedica solo un'occhiata veloce ai corpi; ha capito perché Kaminski l'ha condotto fin lì: sul muro di fronte non ci sono quadri, solo un biglietto appiccicato con del nastro adesivo.

Poche parole scritte in stampatello. La stessa calligrafia del foglio trovato nel dossier dell'avvocato.

"Un'altra trappola, ma stavolta non per uccidermi" pensa. "Sapeva che sarei corso qui da solo. Impaziente. Incoerente. Incosciente."

Camilla guarda Botero preoccupata: Kaminski è l'unica persona al mondo che riesce a rendere irrazionali i suoi comportamenti.

Il messaggio è tagliante come un machete: "Ultimo avvertimento, commissario: se vuoi darmi la caccia torna in te. Ridotto così non sei un avversario alla mia altezza".

14

Il chiostro del cortile delle Balie dell'Università Statale, in via Festa del perdono, è deserto. Al sabato mattina le lezioni sono poche, e la maggior parte degli studenti fuori sede è già rientrata per il weekend. Si incontra solo qualche sparuto drappello di ragazzi, stretti nei loro giacconi, visto che la temperatura è scesa parecchio negli ultimi giorni, dopo la tempesta che ha colpito la città.

Botero, intirizzito nel suo trench, cammina lungo il perimetro in cerca d'ispirazione. Tenta di riordinare i pensieri, ora che si è liberato dal giogo dell'insonnia. È un luogo dove gli piace passeggiare, di tanto in tanto, per riflettere. In genere lo fa osservando i giovani, li studia, più che altro: spia come si comportano, come si muovono, cosa fanno. Perché sa che non sempre è la soluzione più logica a guidarli. A volte si stupisce di come raggiungano lo stesso risultato per altre vie, seguendo strade diverse da quelle che percorrerebbe lui. Come una strabiliante mossa di biliardo; impossibile da immaginare prima, ma che, al momento della giocata, ottiene il massimo: abbattere i birilli e nascondere la palla all'avversario.

Il giorno precedente, dopo l'incontro a distanza con Kaminski, Roberta aveva insistito per riaccompagnarlo a casa. Si sentiva scombussolato da quanto accaduto: il suo nemico l'aveva risparmiato perché non lo considerava un degno avversario.

Aveva fatto una lunga passeggiata con Duca senza raccontargli nulla, immerso nei suoi pensieri. Poi aveva cucinato un piatto di penne all'arrabbiata – non era in vena di ricette più elaborate – e, intorno alle nove, aveva raggiunto il Niguarda per dare il cambio a Grazia e trascorrere la notte accanto al suo amico in coma. Domenico non migliorava: aveva un'espressione serena, ma non si svegliava.

La sorella lo pettinava, gli sistemava il cuscino ed era perfino passata a casa del fratello per recuperare il rasoio elettrico e fargli la barba.

Quando se n'era andata, l'Amish era rimasto a lungo a osservare l'amico, la persona al mondo a cui teneva di più. Si conoscevano da quando erano ragazzi e, da qualche anno, Domenico era diventato la sua memoria storica, perché ricordava cose della sua vita che lui aveva scordato.

Intorno a mezzanotte si era rannicchiato sulla sedia a fianco del letto e, proprio come era successo la notte precedente, era caduto in un sonno profondo e senza sogni.

Si era svegliato alle sei, fresco e riposato, e visto che aveva portato con sé un cambio d'abiti ne aveva approfittato per farsi doccia e barba.

All'arrivo di Grazia, alle otto, si era fatto trovare impeccabile: camicia inamidata, pantaloni con la piega e

Church's lucide. Dopo aver dato una carezza a Domenico, aveva salutato la donna ed era uscito senza una meta precisa.

Era salito su un tram ed era sceso in centro, dove aveva camminato fino alla Statale.

Si è laureato proprio qui, in Giurisprudenza. A casa conserva l'attestato incorniciato, ma non ricorda nulla di quando frequentava l'ateneo. Così come non riesce a mettere a fuoco il volto di Kaminski. Gli occhi, certo, l'attaccatura dei capelli anche. Ma le labbra? Le orecchie?

Da un'ora cerca di richiamare alla mente quei dettagli, ma invano.

Assomiglierà ancora a quella vecchia foto appesa nel bunker?

Il sonno gli ha regalato un po' di sollievo e la sua mente adesso ragiona con più lucidità. Anzi, corre a mille, ed è come se, dalla nebbia in cui era stata confinata dall'insonnia, vedesse nitidamente tutto il paesaggio intorno.

All'improvviso si ferma e appoggia la schiena al muro; ha capito perché l'ha risparmiato: sarebbe stato troppo facile. Colpire i suoi colleghi e attirare lui in trappola era stato un gioco da ragazzi!

Kaminski desidera un contendente al suo livello, uno da sfidare, uno con cui competere, e Botero, dopo l'incidente, non lo è più. Ossessionato dalle sue fobie, dalle sue paure, dalle sue limitazioni, non è in grado di rivaleggiare con un nemico di quel calibro!

Ecco i segnali. A quelli deve prestare attenzione: lo sta mettendo alla prova, lo sta sfidando perché ritorni l'avversario di un tempo. Ma certo! Colpire Roberta, Camilla e Domenico erano state scosse d'elettroshock per tentare di destarlo dal torpore e farlo reagire, per ritornare a essere quello di prima. Ma era davvero possibile?

Ci riflette seduto sul muretto basso del chiostro, fra una colonna e l'altra, dove non può fare a meno di ascoltare i discorsi di due ragazze poco distanti. Avranno vent'anni. Una è bionda, con la coda di cavallo, la pelle bianca come il latte; l'altra ha i capelli blu a caschetto e un piercing al naso.

«Guarda qua, mi sono rovinata lo smalto! L'avevo appena messo! Dovrò toglierlo e rifarmelo!»

«Ti aiuterò io. Che colore facciamo?»

«Blu elettrico, come i tuoi capelli.»

«Sììì!»

«Aspetta, ho una cosa per te.»

La bionda apre lo zaino e recupera un pacchetto.

«Cos'è?»

«Un regalo. Oggi è un mese.»

«Già un mese? Nooo, io non ti ho preso niente!»

«Non importa. Aprilo, avanti.»

L'altra strappa la carta senza troppa cura.

«Ma è bellissima!»

«Forse però è un po' stretta... Con quelle tette che ti ritrovi!»

Ridono entrambe.

«Stretta? Vedrai se non lo è!»

La ragazza col piercing si toglie il giaccone, la felpa e la maglietta e rimane solo col reggiseno nel freddo di quel mattino di novembre.

«Sei pazza» dice l'amica mentre lei s'infila la camicetta.

«Vedi? È perfetta, bellissima!»

A un tratto il mondo intorno a loro non esiste più.

Si baciano. Così mezze svestite, felici, spensierate. Tenere.

Nella testa di Botero succede qualcosa; come una palla di neve quando rotola giù dalla cima della montagna e s'ingrossa sempre di più fino a trasformarsi in una valanga. All'improvviso tutti i pezzi del puzzle trovano la loro collocazione.

«Ma certo!» urla scattando in piedi. «Le taglie diverse! Lo smalto! Il romanzo giallo e il rasoio elettrico in più! Come ho fatto a non rendermene conto subito?»

Le due ragazze si fermano un istante e lo guardano stupite, sgranando gli occhi. Lui sorride e loro riprendono a baciarsi, ignorandolo.

A quel punto diventa una corsa contro il tempo per l'Amish. Schizza fuori dall'ateneo e corre verso piazza del Duomo. Non si ferma finché non si imbatte in una pattuglia della polizia. Mostra il tesserino e ordina di contattare Farina.

I due agenti, per fortuna, lo conoscono di fama, e non protestano di fronte alla bizzarra richiesta di telefonare a una collega. Botero indossa i suoi occhiali scuri e gli volge le spalle.

«Dite che è urgente. Che aspetto lei e Cattaneo da Taveggia, fra un'ora. Prima, però, devono passare alla Cortina di ferro a recuperare tutto l'incartamento sul caso Greco! Tutto chiaro?»

*

Il Taveggia è un caffè d'epoca nel cuore di Milano. Fondato all'inizio del secolo scorso, conserva quel fascino *rétro* che tanto va a genio a Botero: vetrine eleganti piene di dolci, lampadari di cristallo, tavolini di marmo e legno scuro a decorare le pareti.

Il commissario si accaparra un posto in un angolo tranquillo e ordina un caffè mentre aspetta le colleghe.

«Sai che oggi è sabato, vero?» lo assale Camilla appena lo scorge.

«E che noi abbiamo una vita oltre alla Cortina di ferro?» rincara Roberta.

«Davvero? Io, invece, ho un caso da risolvere.»

«Desanctis, dopo quello che è successo ieri con tu-sai-chi, ci ha concesso qualche giorno in più per consegnargli il colpevole del caso Greco.»

«Bene, c'è altro che devo sapere?»

«Tutti gli uomini della Mobile sono sulle tracce di Kaminski. Se è ancora in città lo prenderanno! Hanno anche scoperto che i tre uomini ritrovati sgozzati nel suo appartamento appartengono alla mafia cinese. Si ipotizza che si sia procurato da loro l'esplosivo per far saltare la ruota dell'auto di Camilla.»

«Grazie Roberta.»

«Per una volta hai scelto un bel posto» commenta Farina depositando sul tavolo una cartelletta piena di fogli tenuti insieme da un elastico. «Qui c'è tutto quello che hai chiesto.»

«Cos'è quest'urgenza?» incalza Cattaneo sbirciando con bramosia i dolci nella vetrinetta.

«Prima ordinate e poi vi racconto. E non preoccupatevi: offro io, visto che vi ho scomodato di sabato mattina!»

Le due non si fanno pregare e, ben presto, due cappuccini e un vassoietto assortito di paste vengono posati al centro del tavolo da un cameriere in livrea.

«Allora?» lo esorta Camilla con le labbra sporche di zucchero. «Spiega.»

«Avevamo sbagliato approccio.»

Roberta ride. «Perché, ne avevamo uno?»

«Facciamo così. Siate creative e prospettatemi le ipotesi possibili sul caso Greco. Chi potrebbe averlo ucciso e perché.»

Ci pensano un istante e Cattaneo è la prima a buttarsi. «Secondo me è stata Giada. Voleva uccidere la rivale, poi però l'onorevole si è messo a tossire e il whisky con la sorpresa se l'è bevuto lui!»

«Questa è senza dubbio la preferita di Desanctis» conferma Camilla, «l'amante che vuole liberarsi della moglie in modo da diventare lei la nuova first lady! E se, invece, si trattasse di un colpo di scena alla Agatha Christie? Qualcosa tipo *Assassinio sull'Orient Express*, dove tutti e tre, moglie, amante e portaborse, versano il veleno nel bicchiere in una sorta di congiura di palazzo? In tribunale si accuseranno a vicenda e la giuria non riuscirà a condannare nessuno.»

L'ipotesi strappa un sorriso al commissario. «Sembrerebbe fantascienza ma, in realtà, è già successo nel processo ai coniugi Ethel e Julius Rosenberg: si sono accusati l'un l'altro di un delitto finché i giudici, non sapendo chi sbattere dentro, li hanno lasciati andare e loro sono fuggiti... Ma erano altri tempi».

«Quindi tu credi alla congiura di palazzo?» indaga Cattaneo attaccando il terzo pasticcino.

«A nessuna di quelle che avete suggerito, in realtà.»
«Allora chi è stato: il maggiordomo del Savoy?»
«Avete fatto caso che nessuno dei nostri tre sospettati ha mai parlato male dell'onorevole? Non un accenno a difetti o comportamenti sbagliati. Niente. Marito perfetto, datore di lavoro impeccabile. Quindi perché l'hanno ammazzato? Un santo lo si uccide per farne un martire, ma non è questo il caso. Hanno cercato di preservarne la memoria, come se avessero qualcosa da nascondere. Un segreto da mantenere, ecco.»
«Questo come l'hai capito?» domanda Roberta.
«Ci ho messo più del dovuto, in realtà. Lo sapete: non c'è niente di più ingannevole di un fatto ovvio.»
Le due si guardano e sospirano.
«Vieni al punto, per favore.»
«Stamattina ho avuto quelle che potrei definire due epifanie: una all'ospedale da Domenico e l'altra mentre passeggiavo nel chiostro della Statale.»
«Un commissario peripatetico» scherza Cattaneo addentando un altro pasticcino.
«Raccontaci queste visioni celestiali» lo sfotte Farina.
«Due ragazze: mi hanno aperto un mondo.»
«Ormai hai un'età per cui dovresti saperle, certe cose...» rincara ammiccante Roberta. Con tutto quello zucchero in circolo ormai non si tiene più e non si fa remore a punzecchiare l'Amish.
Lui estrae dalla tasca del trench, accuratamente ripiegato su una sedia, il ritaglio della rivista di gossip.
«Ricordate questa foto?»
«L'avete studiata per bene tu e Desanctis, mi pare» interviene piccata Camilla. «Commentando le tet-

te della segretaria. Anzi: tu l'hai fatto anche durante l'interrogatorio!»

Roberta annuisce: lo stanno mettendo all'angolo.

«Come ho già spiegato, stavo indagando e valutando...»

«Ah sì? E cosa di preciso?»

«Ricordi quando ho controllato i reggiseni nell'armadio della Rinaldi?»

«Eccome: sembravi un pervertito!»

«Non mi tornavano le taglie: che senso ha possederne un po' di quarta misura e altri di seconda? Anche per gli abiti c'erano delle discrepanze: la maggior parte erano quarantasei e alcuni quarantadue. Certo, si può dimagrire o ingrassare, oppure...»

«Oppure» conclude Camilla «nell'armadio c'erano i vestiti di due donne!»

«Non solo. Sui comodini della stanza da letto anche i libri erano molto diversi fra loro. O la Rinaldi dorme a giorni alterni da una parte e dall'altra cambiando anche gusti letterari, o la spiegazione è diversa...» Prima che una delle due reagisca, però, il commissario riprende a parlare: «Osservate bene questa foto» dice picchiettando l'indice. «Si capisce chiaramente che Giada Fontana è alta almeno dieci centimetri più di Francesca Rinaldi, ed è più magra.»

«Quello perché è giovane!» chiosa Cattaneo pulendosi la crema dalla bocca con un tovagliolino.

«A giudicare dalle forme direi che porta una quarta di reggiseno, come ha fatto notare anche Desanctis con un'espressione ben più colorita, mentre la moglie dell'onorevole potrebbe avere una seconda.»

Camilla spalanca gli occhi ed esclama: «Quindi Giada non era l'amante di lui, ma di lei!».

Botero annuisce.

«Stai dicendo che le due donne sono amanti e concubine?» rincara Roberta.

«Così pare: dormono insieme e dividono l'armadio.»

«Questo dove ci porta?»

«Oh, non lo immaginereste mai!»

Il commissario fa una pausa a effetto appoggiandosi allo schienale della sedia.

«La vita è più strana e complicata di ciò che la mente dell'uomo riesce a inventare.»

«Vieni al dunque, per favore» taglia corto Cattaneo, scocciata da quelle massime.

«Alessandro Barbieri.»

«Il portaborse? Cos'ha fatto?» domanda Camilla. «Anzi, spiegaci perché gli hai chiesto di mostrarti le mani.»

«E anche perché gli hai domandato se fosse omosessuale!» rincara la collega.

«Durante il primo interrogatorio era agitato e le mani gli sudavano. Le ho osservate con attenzione e ho notato dei residui sulle unghie.»

«Che genere di residui?»

«Smalto nero. Doveva averlo tolto, ma ne era rimasto un po' sul mignolo. Una macchiolina. La seconda volta che l'ho interrogato era scomparsa. L'aveva tolta.»

«Dipingersi le unghie non significa essere gay. Tanti uomini lo fanno!»

«Forse. Tuttavia, questo mi ha instillato un dubbio: e se l'amante di Greco fosse stato un uomo anziché una donna? Appurato che la Rinaldi stava con Giada, magari lui e la moglie si erano sposati per convenienza reciproca, per facciata, mentre nell'intimità conducevano vite separate seguendo, per così dire, ciascuno le proprie pulsioni.»

«Non è che stai viaggiando troppo con la fantasia?»

«Se prendiamo gli indizi singolarmente forse sì, ma se li consideriamo nel loro insieme la faccenda cambia.»

«Cioè?»

«Nella stanza di Greco abbiamo trovato, sotto al letto, un romanzo di Scerbanenco. Un giallo. Era caduto dal lato opposto rispetto a dove dormiva l'onorevole, dato che sul suo comodino c'era un tablet e sull'altro niente. Anche lui cambiava lato ogni notte?»

Camilla scuote la testa. «Non è abbastanza.»

«Infatti mancava un tassello. Che è andato al suo posto stamattina, quando ho visto la sorella di Domenico fargli la barba col rasoio elettrico. Allora ho capito: nel bagno di Greco c'erano due rasoi. Perché? Entrambi di ultima generazione, molto costosi, ed entrambi funzionanti. Che senso aveva? Ed ecco quindi che, collegando i vari indizi, tutto assume un significato: la mia deduzione è che il romanzo giallo e il secondo rasoio non appartenessero a Greco ma a qualcuno che, spesso, si fermava a dormire con lui.»

Farina lo interrompe e recita a memoria un brandello di frase: «"Vincenzo era una brava persona e poi..." aveva sospirato Barbieri, pieno di commozione, durante il secondo interrogatorio. Non aveva finito la frase, ma scommetto che era sul punto di confessarci la loro relazione».

«Ha anche ammesso, se ricordate, che loro quattro "andavano tutti d'accordo"...»

«Erano una specie di famiglia moderna e felice» chiosa caustica Roberta. «La moglie a letto con la segretaria e l'onorevole con il portaborse.»

«Un *ménage à quatre*!»

«Lei ama lei e lui amava lui.»

«C'è un particolare che mi sfugge, però» ragiona Roberta. «Se le cose stanno così, perché Giada alla festa è andata col bel nuotatore?»

«L'ha spiegato lei stessa: si definisce libera e *fluida*.»

«Dalle mie parti si dice "di bosco e di riviera".»

«Sembra una puntata di *Beautiful*.»

«Di cosa?» chiede Botero.

«Lascia perdere.»

«Bene. Ora che abbiamo stabilito che quella era una famiglia arcobaleno» riassume Cattaneo tornando seria, «resta sul piatto la solita domanda: chi è stato ad avvelenare l'onorevole? E perché?»

*

«Non era meglio farlo al bar questo lavoro?»

Camilla, sul sedile posteriore dell'auto, sbuffa e scartabella i documenti contenuti nel faldone.

Roberta guida con un'espressione soddisfatta dipinta sul viso mentre Botero, seduto al suo fianco, protetto dalle insidie del mondo esterno dai soliti occhiali scuri, risponde perentorio: «Così guadagniamo tempo».

«Cosa devo cercare di preciso?»

«Non avevi detto che erano arrivati i risultati della Scientifica?»

«Sì, una sfilza di fax dove non si legge un tubo! Ecco, ce li ho. Cosa vuoi sapere?»

«Cominciamo con l'elenco di cosa è stato rinvenuto nella spazzatura. Quello che le persone buttano via racconta molto di loro.»

«Ti avverto che la lista è lunga.»

«Abbiamo tempo. Vai, ti ascoltiamo.»

«Nel salone hanno recuperato fazzolettini, tappi di bottiglia, stuzzicadenti, scontrini, vari avanzi di cibo, una confezione di burro d'arachidi, tre cannucce di plastica...»

«Cosa si intende per "confezione di burro d'arachidi"?»

«Quelle piccole che ti danno per la prima colazione. Qui c'è scritto "monodose da 12 g".»

«Nello stomaco di Greco c'era una quantità simile di burro: quella confezione se l'è mangiata tutta lui!»

«Questo è rilevante?»

«No, ci dice solo che ne era goloso. E anche che in un cinque stelle usano le monoporzioni, come in un b&b... Leggimi, per favore, cosa è stato trovato nei cestini delle toilette.»

«Ok, tieni presente che gli ospiti potevano andare dove volevano, non c'erano servizi riservati per uomini o donne. Ecco qui: mozziconi, fazzoletti, carta igienica, assorbenti, salvaslip, cerotti, un flaconcino di crema per le mani, un preservativo...»

«Mi sa che sappiamo chi l'ha usato!» commenta Cattaneo ingranando la prima per ripartire dopo un semaforo rosso.

«Eh sì! Poi, ancora, una saponetta, del dentifricio, un campioncino di profumo...»

«Basta così.»
Nell'abitacolo cala il silenzio. L'Amish sembra assorto, riflette.
«Niente di utile, a quanto pare» aggiunge Camilla. «Anzi no, aspettate. In laboratorio hanno individuato la marca di rossetto rinvenuto sulle lenzuola della stanza. E indovinate?»
«Rouge Dior!»
«Proprio così, Roberta. Peccato che ormai lo sapessimo già!»
«Questa faccenda assomiglia sempre di più a una soap sudamericana!»
Botero, però, non sembra interessato e chiede: «Fra quelle carte deve esserci anche la lista che ha stilato Piras quando ha inventariato gli oggetti che avevano addosso gli invitati al party».
«Sì, è qui da qualche parte. Eccola. Ci sono i nomi e, accanto, cosa avevano in tasca o nella borsa. Chi ti interessa?»
«I nostri tre libertini: Barbieri, Giada e la moglie.»
«Un attimo che li recupero. Dunque, nelle tasche del portaborse, fra pantaloni e giacca, c'erano: portafogli, chiavi, un fazzoletto, chewing gum, un portabiglietti da visita, una Montblanc e una sigaretta elettronica.»
«Non sapevo fumasse» osserva Roberta.
«Nella borsa di Giada: spazzola per capelli, portafogli, mascara, un rossetto Dior, uno specchietto, due salvaslip, pastiglie per il mal di testa, salviette detergenti e, udite udite, una scatola di preservativi!»
«Scommetto che quello pescato nella spazzatura proviene da lì!» chiosa Cattaneo prima di suonare il

clacson a un'auto che blocca la strada. «E poi non aveva nemmeno le chiavi: indovinate con chi sarebbe tornata a casa?»

Botero registra le informazioni, poi dice: «Manca la moglie».

«Francesca Rinaldi, nella "grande borsa di pelle", come la descrive Piras, aveva: chiavi di casa, fazzoletti di carta, portacipria, auricolari, portafogli, un rossetto Dior, mentine, collirio e un'altra cosa...»

«Sarebbe?»

«Non lo so, non capisco la grafia.»

«Chiama Dario e chiediglielo. Io non guardo.»

«E se non è in casa?»

«Quello? A quest'ora starà ancora dormendo!»

Il giovane risponde dopo parecchi squilli ancora intontito dal sonno. Camilla lo mette in vivavoce.

«Hanno ammazzato un altro onorevole?»

Lei spiega per sommi capi cosa non capiscono della sua lista e aggiunge: «Ti ricordi?».

«Era qualcosa per le allergie. Una specie di siringa. Tipo quelle che ti piantano nel cuore nei film!»

«Intendi l'adrenalina?» domanda Roberta.

«Esatto.»

«Ma non è per le allergie!» interviene Botero fissando la strada di fronte a sé.

«Giusto per farvi capire: era una cosa che si inietta nella coscia...»

«Epinefrina, allora. Deve trattarsi di un autoiniettore. Si chiama EpiPen, e serve per fermare una reazione allergica. Se mangi qualcosa a cui sei intollerante te lo inietti e sei salvo.»

«Esatto. Anche lei ha pronunciato quel nome, Epi*qualcosa*.»

Camilla riaggancia, mentre Botero ha già un'altra idea.

«Hai il numero del cuoco?»

«Di chi?»

«Del tizio che ha preparato i piatti alla festa.»

«Ah sì, c'è nel dossier.»

«Chiamalo. Io continuo a non guardare e a far finta che sia seduto accanto a te.»

L'uomo risponde dopo un paio di squilli e l'Amish, urlando per farsi sentire, dopo essersi qualificato gli domanda se era stato informato di particolari allergie fra gli invitati, se c'erano ingredienti che doveva evitare di adoperare.

«Solamente le arachidi e tutti i loro derivati. La signora Greco si era raccomandata, visto che è allergica!»

«Un'ultima cosa: al Savoy utilizzate le monoporzioni, quelle scatolette piccole col burro o la marmellata?»

«Assolutamente no! Tutti i prodotti per la colazione sono freschi!»

Quando Camilla chiude la telefonata, l'umore di Botero è mutato.

«Gira a destra al prossimo incrocio.»

«Ma non è la strada giusta per la Cortina di ferro!» protesta Roberta.

«Cambio di destinazione.»

«Dove si va?»

«Dalla persona che si è portata il burro di arachidi da casa e l'ha sciolto nel bicchiere dell'onorevole!»

15

Alessandro Barbieri li accoglie in tuta. Capelli spettinati, occhi rossi e barba di un giorno.

«Cosa ci fate qui?»

«Non lo immagina?»

Sospira e si sposta per lasciarli entrare. L'appartamento è spoglio e modesto. Al terzo piano di un palazzo con la facciata ingabbiata dalle impalcature in via Rubattino.

Botero registra ogni dettaglio. Due valigioni accatastati in un angolo del salotto-cucina, accanto al divano. Odore di cibo cucinato. Sul tavolo, un piatto con i resti del pranzo.

«Allora?» chiede il ragazzo. Indossa ciabatte infradito gialle: piedi nudi e unghie dipinte di nero.

«Possiamo accomodarci?» domanda Farina avvicinandosi al divano.

L'Amish rimane in piedi mentre le due colleghe si siedono, e parte in quarta, come sempre: «Vorremmo che ci raccontasse la sua storia con l'onorevole Greco».

«Prego?»

«Se vuole davvero rendergli giustizia, è il momento di essere sincero con noi.»

«Vi ho già detto tutto quello che so!»

«Non ci ha raccontato della vostra relazione.»

«Non c'era nessuna relazione!» replica, ma la voce è incrinata. «Non più.»

Camilla si alza e gli appoggia la mano sul braccio, come farebbe un'amica. Crea empatia: un concetto estraneo al modo di fare del suo capo.

«Alessandro, sappiamo cosa c'era tra voi. Che passavi le notti con lui. Abbiamo trovato il tuo rasoio e il romanzo che stavi leggendo... Non è più il momento di mentire.»

Gli occhi gli si riempiono di lacrime, inizia a singhiozzare. Botero scambia un'occhiata imbarazzata con Roberta mentre l'altra poliziotta si prodiga per calmarlo. I soliti fazzolettini, un bicchiere d'acqua. Lo fa sedere sul divano e gli tiene la mano.

«Come ha capito che sono omosessuale?» domanda con un filo di voce.

«Durante il nostro primo incontro, in sala interrogatori, ho notato lo smalto. Una macchiolina appena, come se non l'avesse tolto per bene, sul mignolo sinistro.»

Il commissario indica con un gesto del mento i piedi del ragazzo. Lui muove le dita e scuote la testa.

«Colpa di Vincenzo! A lui piaceva che mi dipingessi le unghie di nero, tanto che la sera prima del party...» Si interrompe, intuendo come non sia il caso di entrare nei particolari. Ormai, però, le difese sono cadute e il ghiaccio è rotto.

«Raccontaci di te e dell'onorevole Greco» lo esorta Camilla in tono conciliante.

«Fra noi è stato amore a prima vista, ve lo giuro! Io

avevo fatto richiesta come stagista alla segreteria del suo partito. È lì che ci siamo conosciuti, e già dopo una settimana stavamo insieme. Io ero diventato il suo portaborse.»

«Stavate insieme?»

«Per quanto ci consentisse la sua vita sociale. Nell'ombra eravamo una coppia, fuori no. Vedete, Vincenzo non è mai stato etero. Fingeva per le telecamere e per il partito. Ha scoperto la sua omosessualità ai tempi dei salesiani e, da allora, è stata tutta una grande bugia, una doppia vita sotto copertura. Quando la prima moglie non ne ha voluto più sapere di stare al gioco hanno divorziato e, quasi subito, è arrivata Francesca. Una donna determinata e con le idee chiare. A lei interessavano il prestigio, la bella vita, la grande bellezza romana, i riflettori. E nemmeno lei, se così posso esprimermi, era interessata all'articolo.»

«Si spieghi meglio.»

«Davvero non lo immaginate?»

«La segretaria era la sua amante.»

«Esatto commissario, così le apparenze erano salve. Non c'era ambiguità se ci vedevano tutti e quattro insieme e, anzi, l'idea di spargere la voce che Vincenzo e Giada fossero amanti è stata addirittura di Francesca! "Lascia che pensino che sia cornuta" diceva. Questo la gente lo accetta. Sapete come funziona in politica, no? Non puoi ripetere a ogni comizio lo slogan "Dio, patria e famiglia" e poi vivere in una sorta di comune LGBT, no?»

«Quelle valigie?»

«Sono i vestiti che tenevo a casa di Vincenzo. Li ho portati via prima della festa.»

«Leggere Scerbanenco le ha fatto venire delle idee, vedo.»

«Ho immaginato che la polizia avrebbe eseguito una perquisizione, ed era meglio che non ci fosse traccia della mia presenza. Non avrei compromesso l'onorevole in nessun modo...»

«Così la colpa sarebbe ricaduta su Giada: l'unica intrusa in quella casa. Ottimo piano. Via la moglie e via l'amante!»

Camilla e Roberta si scambiano un'occhiata stupita: "Allora è così che sono andate le cose" sembrano dirsi.

Barbieri non si compiace per il complimento ricevuto. Ha gli occhi gonfi e la voce torna a rompersi ripensando a quanto accaduto.

«Doveva andare tutto liscio. Invece...» Le parole escono quasi strozzate quando riprende a parlare: «Non credevo che anche lui fosse allergico...».

Scuote la testa, trema; è davvero sconvolto.

E lo sono anche Camilla e Roberta, che si ritrovano ancora più spiazzate dalle sue parole. Non ci stanno capendo più nulla!

«Allergico a cosa?» domanda stranita Farina.

«Alle arachidi, no? Non è morto per quello? Il burro l'avevo messo nel Talisker per colpire lei! Era Francesca che doveva morire, non il mio adorato Vincenzo! Non ne potevo più che fossimo sempre tutti insieme; volevo solo lui. Solo noi due... La situazione era diventata insopportabile, odiavo quello stare sempre insieme e i capricci da gran diva di sua moglie! Sempre lei in passerella, sotto ai riflettori, e a me solo briciole, attimi di tempo rubati! Ma la pagherà anche per questo! Oh sì, vedrete come gliela farò pagare!»

«Cosa intende dire?» chiede Roberta.

Lui fa un gesto vago con la mano ed evita di rispondere.

«Ci dica del veleno» domanda Camilla. «L'ha ordinato online, giusto?»

«Quale veleno? Io non ne so niente!»

«Il cianuro.»

«Scherzate? Io quella roba non la maneggerei nemmeno con uno scafandro addosso! Siete pazzi! Tutto quello che ho fatto è infilare un dito in una confezione di burro d'arachidi e intingerlo nel whisky della strega!»

Le poliziotte rimangono a osservarlo, perplesse.

«Vi dispiace se fumo?»

Lo chiede per educazione ma, visto che si trova a casa sua, sfila di tasca la sigaretta elettronica e carica una nuova cartuccia.

Botero si allontana di un passo, infilandosi gli occhiali scuri: quella diavoleria gli ha fatto venire un tremolio al braccio destro.

Barbieri chiude gli occhi e prende un lungo e profondo tiro per calmarsi. Quando espira, sul suo viso appare un'espressione soddisfatta. Che dura quanto il battito d'ali di una farfalla, perché è seguita da una contrazione alla gola, come se dovesse tossire. Ma non ci riesce. Qualcosa non va e Camilla e Roberta scattano in piedi, pronte a intervenire, ma l'Amish le afferra per i polsi e le trascina via.

La stanza si è riempita dell'odore del tabacco aromatizzato della sigaretta elettronica.

«Lo sentite?»

«Cosa?»

«Mandorle amare! Tappatevi il naso, svelte! E lei, smetta di fumare...»

Ma è troppo tardi, Alessandro è già a terra con la bava alla bocca.

Il commissario spinge le due colleghe verso la porta.

«Via! Usciamo di qui prima che quella roba avveleni anche noi, veloci. E chiamate un'ambulanza. Presto!»

*

Le finestre dell'appartamento sono spalancate e Spedo è inginocchiata accanto al cadavere di Alessandro Barbieri. L'aria è gelida ma, perlomeno, l'odore di cianuro è sparito.

«Ora del decesso: 15.56.»

Botero è in piedi accanto a Camilla e Roberta, ancora scosse per l'accaduto. Hanno visto il ragazzo agonizzare sotto i loro occhi e quando è arrivata l'ambulanza ormai non c'era più nulla da fare, così hanno chiamato la morgue.

Il medico legale lancia un'occhiata sbarazzina all'Amish, ma lui è distante. Sta riflettendo, e nessuna tentazione potrebbe distrarlo. Lei, rassegnata, raccoglie la sua borsa di pelle e, dopo aver salutato tutti, si allontana sotto lo sguardo severo della Farina e della Cattaneo.

Accanto a loro c'è anche Desanctis. Ha un'aria sempre più sciupata: due morti avvelenati e un terrorista a piede libero che sgozza tre cinesi, fa esplodere auto e tram e spara ai poliziotti sono preoccupazioni che lo tengono sveglio la notte.

Ascolta in silenzio ciò che l'Amish domanda a Camilla.

«Fra le cose recuperate nella spazzatura, oltre al burro d'arachidi c'era anche un tubetto di crema per le mani, dico bene?»

«Sì.»

«Di che marca?»

Lei estrae il fascicolo dalla borsa che tiene a tracolla, lo appoggia sul tavolo accanto al piatto dove Barbieri ha consumato il suo ultimo pasto e si mette a sfogliare le pagine.

«Un attimo. Sì, ecco. La marca è Dior Prestige.»

«Sono quasi sicuro di averne visto un paio di flaconi nel bagno delle signore, in casa Greco. Al gusto cocco, per essere precisi.»

«"Quasi"?»

«Cercavo solo di non apparire come quello che sa e ricorda sempre tutto.»

«Modesto e pure ironico!» interviene il capo della Mobile.

«Mi fa piacere che lo pensi, perché ho un favore da chiederti.»

«Servirà per chiudere tutta questa faccenda?»

«Sì.»

«Ti ascolto.»

«Ho bisogno che tu tenga riservata la notizia del decesso di Barbieri con la stampa.»

«Non posso.»

«Giusto per qualche ora.»

«Quanto tempo?»

«Fino a stasera. Per allora ti consegnerò il colpevole del duplice omicidio di Vincenzo Greco e Alessandro Barbieri.»

«Hai tempo fino alle sette. Dopo devo per forza comunicarla, a beneficio dei telegiornali della sera.»

*

La luce di un lampione illumina la basilica di Sant'Ambrogio, rischiarando appena le mura romaniche, possenti e austere, che emanano un senso di antica sacralità.

Botero osserva il quadriportico costellato da colonne massicce e pietra grigia. Non gli sembra di essere a Milano, immerso in quell'atmosfera da *Nome della rosa*, un romanzo che ha letto e apprezzato molto, anche se non ricorda quando.

Sotto alle volte del porticato, oltre ai sarcofagi di pietra, ci sono alcune colonne basse sormontate da capitelli, come se fossero dei tavolini di marmo. A uno di questi si appoggia per sfogliare il taccuino nero con gli appunti, come fosse un breviario.

Camilla e Roberta sostano poco distanti, accanto al portone d'ingresso della chiesa.

L'attesa non è lunga: i fedeli cominciano a uscire in piccoli gruppi finché non compaiono le due donne, a braccetto. Le poliziotte intercettano Giada e le chiedono con gentilezza di aspettare con loro mentre Francesca, notato l'Amish, gli si avvicina camminando sui tacchi.

«Che strana coincidenza ritrovarla qui, commissario.»

«Le coincidenze non esistono: sono solo il modo in cui la causalità cerca di rimanere anonima.»

«Non ha l'aria di uno che va in chiesa, in effetti.»

«Non fa per me.»

«Dovrebbe, invece, si imparano tante cose dai Vangeli.»

«Forse. Però, vede, il mio problema è proprio credere in tutto questo.» Indica la chiesa e il portico con un movimento circolare del dito.

«Non è religioso?»

«Diciamo che non escludo la possibilità. Certo, secondo i miei parametri di logica e ragione, o Dio non esiste o è davvero crudele.»

Lei abbozza un sorriso. «Abbiamo finito i convenevoli?»

«Direi di sì. Adesso che è vedova cosa farà?»

«Vedremo, le cose cambiano.»

«Il fatto che le cose cambino non significa che migliorino.»

«Ha delle domande o vuole continuare a filosofeggiare?»

«D'accordo, la smetto: quella che porta oggi è la stessa borsa che aveva al party?»

La donna la osserva come se non la tenesse a tracolla e la notasse solo ora.

«Sì, e allora?»

«È molto capiente, a quanto vedo.»

Lei si stringe nelle spalle.

«Deve essere pesante, la appoggi qui, sulla pietra di questo capitello. Prometto che non la lascerò cadere.»

La donna acconsente e la sistema accanto al commissario.

«Si sente più leggera, vero? Del resto, lì dentro potrebbero starci molte cose: come una di quelle borse minuscole... che ne so, tipo una *clutch* di Louis Vuitton...»

«Venga al punto.»

«Il punto, signora, è che lei ha ucciso suo marito.»

«Questa è una sciocchezza!»

Botero accoglie il commento con un gesto d'assenso del capo e continua con la spiegazione: «Ci ho messo un po' a capirlo perché questa indagine, sin dall'inizio, si è complicata parecchio, non solo per via del blackout ma anche per altri fattori che ora le illustrerò».

«Non vedo l'ora. Però cerchi di sbrigarsi che alle otto ho una cena da Savini in Galleria.»

«Faremo in fretta se collaborerà. Mi dica: come sono i suoi rapporti con il signor Barbieri?»

«Con Alessandro? Ci adoriamo!»

«Davvero? A me non risulta.»

«Questo perché non ci conosce! Ci vogliamo molto bene e ci scambiamo regali di continuo. Anche ieri: siccome eravamo un po' giù, ci siamo incontrati per farci coraggio. E lui mi ha regalato un rossetto Dior. Ce l'ho proprio qui, nella tasca del cappotto, eccolo. Anzi, ora lo provo, così mi dice come mi sta!»

Lui osserva la donna mentre lo passa sulla labbra con sensualità.

«Allora?»

«Le sta molto bene.»

«Grazie.»

«Anche lei gli avrà fatto un regalo, immagino.»

«Un pensiero, sì.»

«Per caso una cartuccia di liquido per sigaretta elettronica in cui ha disciolto le pastiglie di cianuro che le rimanevano?»

«Non so di cosa stia parlando...»

È impallidita.

«Davvero? Allora glielo spiego io! Il suo piano era semplice: chiedere a Barbieri di portarle da bere del Talisker, molto apprezzato sia da lei sia dal suo defunto marito. Sapeva che qualcuno degli ospiti della festa lo avrebbe notato mentre le porgeva il bicchiere. Che lei ha poi passato a Giada con una scusa. Non rischiava di ucciderla: in primo luogo perché non c'era ancora dentro il veleno; e poi perché Giada è astemia e non avrebbe bevuto. Le impronte, però, l'avrebbero incastrata: avremmo pensato che l'amante avesse voluto avvelenare la moglie di Greco per diventare la nuova first lady, e che solo per un caso sfortunato il bicchiere fosse finito nelle mani dell'onorevole! Piano perfetto!»

La donna fatica a stare in piedi e il commissario le si avvicina per sorreggerla.

«Ha anche avuto un colpo di fortuna inaspettato: il blackout! Giada si era allontanata e lei, seppure al buio, non ha avuto difficoltà a versare il veleno nel bicchiere. Come se non bastasse, suo marito ha iniziato a tossire e lei ha colto la palla al balzo per passarglielo e farlo bere: geniale e magistrale nell'esecuzione, devo dire.»

Francesca lo osserva con gli occhi sgranati. Appare sofferente e ha iniziato a grattarsi il dorso delle mani.

«Lei sta delirando!»

«Non credo. All'inizio di questa faccenda non capivo dove fosse finito il resto del cianuro. Certo, c'era quello nella *clutch*, ma si trattava di pasticche intere e non andavano bene: bisognava sminuzzarle per scioglierle nel Talisker. Era un diversivo da gettare fuori dalla finestra per far ricadere la colpa su Giada, visto che apparteneva a lei! Non comprendevo cosa avesse fatto con le pastiglie mancanti. Stando all'autopsia, l'equivalente di dodici riposavano nello stomaco di suo marito, venticinque nel flacone ritrovato. E le restanti tredici? Dov'erano finite? Ma ecco che lei mi ha sorpreso di nuovo: le ha usate per far fuori il giovane portaborse! Anche qui il suo piano era impeccabile: avremmo pensato che Barbieri si fosse suicidato per il rimorso di aver ucciso il suo capo! Il piano B: se, per qualche ragione, Giada fosse stata scagionata sarebbe stato considerato lui il colpevole! E, forse, ci avremmo creduto, se non fossimo stati presenti mentre si fumava quella cartuccia!»

Le labbra di Francesca si sono gonfiate, fatica a respirare.

«Mi passi la borsa, per favore.»

«Fra un attimo. Mi lasci finire. È stata brava, machiavellica direi, ma non ha tenuto conto di alcuni fattori, e in particolare di uno, che non poteva prevedere: Alessandro la odiava e voleva ucciderla. Ci ha provato proprio durante il party sciogliendo del burro di arachidi nel bicchiere per causarle uno shock anafilattico. Avete avuto la stessa idea. Singolare, non trova? Peccato che per via del blackout il suo piano sia andato a rotoli. Lei non ha bevuto, ha versato il veleno nel bicchiere e l'ha passato a suo marito, che ha buttato giù cianuro e burro.»

«Impossibile!»

«Oh, invece sì. Lui la detesta! L'autopsia ha confermato che nello stomaco dell'onorevole c'era quel burro. E sa cos'altro hanno trovato?»

Giada si sta avvicinando. Ha capito che Francesca non sta bene. Le due poliziotte cercano di trattenerla.

«Non mi interessa! Sono solo stupide fantasie!»

Il rossetto le scivola dalle dita e cade a terra. La segretaria la osserva preoccupata, e anche le due colleghe di Botero iniziano a dare segni d'impazienza: cosa diavolo sta succedendo?

«Lanolina» continua il commissario. «Questa, lo confesso, è stata la parte più difficile da capire, perché si tratta di una miscela che si trova in migliaia di prodotti. Troppi, per prenderli in considerazione uno per uno. Poi, però, mi sono ricordato delle sue mani. Sono morbidissime grazie alla crema al cocco che utilizza. L'ho notato tutte e due le volte che l'ho interrogata e ci siamo stretti la mano. Un tubetto vuoto di quella crema, della stessa marca che ho visto nel suo bagno, Dior Prestige, è stato rinvenuto nella spazzatura della suite presidenziale. Ecco dove aveva conservato il veleno per suo marito! Aveva già preparato la dose liquida, forse sciolta in un goccio di whisky, e l'ha versata nel bicchiere che gli ha passato.»

«Lei vaneggia... Mi dia la borsa, la prego!»

Botero la solleva, come se volesse porgergliela, ma il braccio rimane sospeso in aria.

«Ieri ha finito il lavoro, sciogliendo le pasticche restanti di cianuro nella cartuccia regalata a Barbieri per la sigaretta elettronica! Peccato che abbia fallito e che lui si sia salvato!»

Il commissario non è bravo a mentire, ma negli occhi della donna passa comunque un lampo d'odio: ci ha creduto.

«Se può esserle di consolazione, credo che lui le abbia restituito il favore. Il gonfiore alle labbra sembra proprio il sintomo di un attacco allergico. Direi che quel rossetto è stato immerso nel burro d'arachidi.»

«Mi dia quella maledetta borsa!»

«Prima confessi di avere ucciso suo marito!»

«Chiami qualcuno, la prego. Soffoco...»

«Non ho il cellulare. E poi non mi ha ancora risposto: ha messo lei il veleno nel bicchiere di suo marito?»

«Certo! Non ne potevo più di quella checca ingrata!»

«Ha rischiato, però, gettando la *clutch* dalla finestra... Poteva sfuggirci.»

«Sapevo che l'avreste trovata: non sono tra quelli che pensano che tutti i poliziotti siano incompetenti, sa?»

«La ringrazio. Quindi l'ha fatto per incastrare la sua amante. Perché?»

«Come ha detto lei: qualcuno doveva prendersi la colpa, no? E io sarei stata libera di ricominciare senza quei tre sempre fra i piedi! Mi candiderò nel collegio che ha lasciato vacante Vincenzo, e sono sicura che la vedova inconsolabile farà breccia nei cuori degli elettori.»

Ha la faccia gonfia e non riesce quasi più a parlare.

«Purtroppo credo che questo sarà impossibile: lei è in arresto, signora.»

Botero fa un gesto col capo e Camilla arriva di corsa insieme a Giada, che recupera la siringa di epinefrina dalla borsa e la pianta nella gamba sinistra della vedova.

*

La giornata di Botero non è ancora terminata. Roberta lo deposita alla Cortina di ferro e riparte senza salutarlo. Lei e Camilla sono rimaste shockate dal comportamento tenuto con la Rinaldi.

L'unico ancora in ufficio è Elvis, chino sulla scrivania ingombra di carte.

«Ho trovato quello che mi avevi chiesto riguardo al bar di piazza Durante» annuncia.

Il commissario si piega per dare un'occhiata alla foto segnaletica che gli sventola sotto al naso.

«È il tizio coi capelli grigi e la coda di cavallo che ho visto nel locale.»

«Si chiama Calogero Rubino, detto "il Lupo". Precedenti per estorsione, traffico di droga e altre amenità.»

«Direi che non ha perso le vecchie abitudini, allora. A chi appartiene il bar?»

«Se dovessi scommettere, direi a un tizio che non sa di possederlo: un signore di Catanzaro di ottantanove anni.»

«Rubino e Talarico si conoscono?»

Elvis muove il ciuffo su e giù. «Provengono entrambi da Staiti, un paesino in provincia di Reggio Calabria. Sono quasi coetanei e hanno vissuto lì fino ai vent'anni. Quante possibilità ci sono che non siano amici?»

«Nessuna» conferma Botero. «Perciò il Lupo è un affiliato. Quei due, invece, chi sono? Erano al bar, ieri.»

Elvis osserva le foto segnaletiche. «I suoi guardaspalle. Questo è Gennaro Procopio, una sfilza di precedenti. Proprio come il suo compare, Ciro Perri, uno capace di spezzare ossa a comando, visto che prima faceva l'esattore per uno strozzino.»

«Gran bel ritratto di famiglia, non c'è che dire. Il terzo, nell'ultima foto, chi è? Ieri fingeva di fare il barista...»

«Diego Scerbo, anche lui con precedenti per aggressione e rissa aggravata.»

«Il caffè non era un granché, infatti.»

«Adesso cosa pensi di fare? Vuoi chiedere un mandato per perquisire il locale?»

«Non mi serve.»

Ferrara lo guarda perplesso, e mette le mani avanti: «Non fare scherzi, intesi? Domani è domenica e ho davvero bisogno di riposarmi: non chiamarmi nemmeno se fanno fuori il ministro dell'Interno!».

L'Amish rassicura il collega con una pacca sulla spalla. Il massimo dell'empatia che riesce a dimostrare nei riguardi di altri esseri umani.

«Piras?»

«Se n'è andato due ore fa, dopo aver archiviato i dossier dell'avvocato Lobascio. Ora esco anch'io. Tu che fai?»

«Dammi solo il tempo di recuperare un paio di cose. Ci vediamo nell'atrio.»

Quando Botero ricompare tiene a tracolla una borsa da tennis dove, prima di chiudere la cerniera, fa scivolare una sacca di tela, una bomboletta e una chiave inglese.

«Quella non è la famosa Hazet 36?»

«Che osservatore!»

«Hai intenzione di ammazzare qualcuno?»

«Solo svitare dei bulloni. A questo servono gli attrezzi, no?»

«Non negli anni Settanta.»

«I tempi sono cambiati.»

Elvis si mostra poco convinto. «E la bomboletta di Freon?»

L'Amish abbozza un sorriso e replica con una frase criptica che, al tempo stesso, è anche una risposta ai suoi sospetti: «Non puoi impedire al mondo di essere cattivo».

«Mi arrendo: fai come ti pare! Hai bisogno che ti accompagni?»

«Non stavolta: è una faccenda che devo sistemare da solo.»

16

Il locale è allagato. Tutti gli arredi sono distrutti e da dietro il bancone, dove c'è una specie di botola, sta uscendo un grosso fiotto d'acqua.

Desanctis osserva la scena dal marciapiede. Non ne può più di quella vita e vorrebbe mollare. Dopo una settimana di passione in cui è successo di tutto, ecco la ciliegina sulla torta: un'altra domenica con una chiamata all'alba per un'emergenza.

Almeno sta all'aperto e può fumare in santa pace. È già alla quinta sigaretta quando arriva il comandante dei vigili del fuoco a riferire. Un tizio grande come una quercia, infilato in un'uniforme fradicia.

«Sono entrati con il gas» annuncia.

Il capo della Mobile alza un sopracciglio, così l'uomo è costretto a spiegare: «Freon: lo si spruzza sulla serratura e causa una reazione chimica, come se la congelasse, rendendola fragile. A quel punto la si prende a martellate e cede in un attimo. Anche se, forse, hanno usato qualcosa di più pesante per scardinarla. Una volta entrati sono scesi nella botola per introdursi nell'ambiente sottostante: una sorta di deposito-cantina. Lì hanno allentato i bulloni delle tubature dell'acqua finché, per via della pressione, si sono staccati lasciando uscire una vera e propria cascata. Non si è salvato niente!».

«Posso entrare a dare un'occhiata?»

«Appena avremo finito di pompare l'acqua con le idrovore! Questa settimana fra il blackout, il Seveso esondato e questo allagamento è stata un vero incubo!»

Desanctis lo ringrazia mentre l'altro si allontana.

A quel punto tocca all'ispettore Mazzoleni, un ometto minuto con un forte accento bergamasco, illustrare la situazione al superiore. I suoi uomini sono stati i primi a intervenire.

«Quando siamo arrivati, poco dopo le sei, sul gradino d'ingresso c'era un tizio a terra. Si è beccato una randellata alla nuca, ma non è in pericolo di vita. Ha la testa dura. Ora è ricoverato al Policlinico.»

«Sappiamo chi è?»

«Si chiama Ciro Perri, e ha parecchi precedenti.»

«Cosa ci faceva qui?»

«Ieri notte montava la guardia.»

«In uno schifo di posto di dieci metri quadrati? E cosa mai c'era di prezioso qui dentro?»

Mazzoleni sorride come un giocatore di poker sicuro di avere la mano vincente: «Ora glielo mostro».

Si avvicina all'ingresso del bar Sila; dall'acqua, alta una decina di centimetri, affiorano quelli che sembrano dei palloncini. Sono buste di plastica trasparente, grandi quanto una scatoletta di tonno ma dal valore indubbiamente più alto.

Ne pesca una e la mostra al superiore.

«Sono sottovuoto, e indovini un po' cosa contengono?»

Gliela passa dopo aver praticato uno squarcio in un angolo con la lama di un coltellino svizzero.

Il dirigente ci infila la punta del mignolo e se lo porta alla bocca.

«Non è di certo zucchero» constata mentre il suo umore inizia a migliorare. «Quante ce ne sono?»

«A occhio e croce un centinaio, ma non le abbiamo ancora recuperate tutte. Se consideriamo almeno 10 grammi per ognuna fanno...»

«Un megasequestro di cocaina!»

Desanctis si rende conto di essersi entusiasmato troppo, così cerca di assumere un tono più calmo quando chiede: «Altro da rilevare?».

«Sospettiamo che chi ha causato l'incidente abbia sottratto qualcosa.»

«Sarebbe a dire?»

«C'è un armadietto di metallo nel locale sottostante. Una specie di cassaforte con la serratura forzata.»

«Cosa conteneva?»

«Non lo sappiamo: ora è vuota.»

«Grazie, ispettore, ottimo lavoro.»

Mazzoleni si allontana e il capo della Mobile accende con calma un'altra sigaretta. Poi recupera il cellulare dalla tasca e chiama il questore: prevede una pioggia di complimenti per la droga recuperata e, anche, per aver chiuso il caso dell'omicidio Greco in meno di una settimana. Dopotutto il suo lavoro non fa così schifo.

*

Roberta sente bussare e pensa sia la vicina. Non sarebbe una novità: è domenica, forse ha finito lo zucchero o il caffè o, magari, come è già capitato altre volte, le chiederà aiuto per svitare il tappo del vasetto della marmellata. Ha i bigodini in testa, ma non se ne preoccupa: non se ne accorgerà nemmeno.

Va ad aprire con indosso la T-shirt striminzita che usa come pigiama; le lascia scoperte le gambe e, da sotto, spuntano pure le mutandine. Niente di sexy, cotone bianco elasticizzato e comodo da indossare. Peccato che non si tratti della vicina anziana e, quando lo realizza, vorrebbe scomparire: davanti a lei c'è Botero, coi suoi occhi verdi che la osservano stupiti. Arrossisce fino alla punta dei capelli.

«Oddio sei tu!» urla scappando via. «Aspettami lì!»

Lo lascia sulla soglia e si barrica in camera da letto per infilarsi un paio di jeans e coprire la testa con un berretto di lana. Quando ricompare, lui ha chiuso la porta e la osserva con un'espressione vagamente divertita.

Nella testa della donna iniziano ad accavallarsi le ipotesi: sarà venuto a scusarsi per come si è comportato ieri con la Rinaldi? Improbabile.

Vorrà fare colazione insieme? Ancora meno probabile.

Tiene in mano un borsone da tennis.

Che abbia deciso di trasferirsi da lei? Decisamente impossibile.

«Prego, accomodati» balbetta.

Gli fa strada fino al piccolo salotto, dove trovano posto un divano, una credenza di rovere, un tavolino tondo e una poltrona.

«Scusa per l'improvvisata, ma si tratta di un'emergenza.»

«Cosa c'è in quella borsa?»

Lui piega la testa da un lato. «Forse è meglio che tu non lo sappia.»

"Eh no!" Roberta ci si avventa sopra e apre la cerniera, da cui spuntano le mazzette di denaro. Migliaia di euro.

«Hai fatto una rapina?» chiede preoccupata.

«Non proprio.»

«Dimmi cos'è successo!»

Suona come un ordine e, forse, lo è.

«Le cose non sono mai davvero come crediamo. Prendi il panettone.»

«Il panettone? Ma sei impazzito?»

«Il dolce di Milano, per eccellenza. Diresti che viene prodotto solo dai noi, no? Che sia qualcosa di prettamente meneghino, di italiano insomma. Sbagliato: l'Italia è solo il terzo produttore mondiale, dopo Brasile e Perù. Visto dove finiscono le tue convinzioni granitiche?»

«Luca, piantala!»

Chiamarlo per nome non è cosa da tutti i giorni e, infatti, ottiene l'effetto desiderato.

«La smetto, scusa. Comunque non si tratta di nulla d'illegale.» Però aggiunge: «Almeno per quanto ti riguarda».

Lei sospira e si lascia cadere sulla poltrona. «A volte non ti capisco.»

«Capire le persone richiede tempo. Soprattutto quando cercano di impressionarti.»

«Anche tu lo fai?»

«Ci provo, a volte. Ma i risultati non sono mai quelli attesi...»

Roberta rimane in silenzio. Sa che, se si è presentato, una ragione dev'esserci, perciò decide di tenerlo sulle spine per un po' prima di dargliela vinta.

Lui attende paziente. Immobile, in piedi nel suo trench, affascinante come sempre.

«Perché sei qui?» gli chiede alla fine.

«Dovresti fare una cosa per me.»

«Nascondere quei soldi?»

«Non te lo chiederei mai.»

«Cosa, allora?»

«Prenotare la suite presidenziale del Savoy. Credo sia disponibile a partire da mezzogiorno.»

«Sei sicuro di stare bene?»

«Perché?»

Anche se ormai è certa che sia impazzito sta al gioco e, anzi, rilancia: «Già che chiamo vuoi che richieda anche qualche servizio particolare?».

«Ora che mi ci fai pensare, in effetti, una cosa c'è: un toelettatore per cani.»

«Un cosa?»

«Quelli che li lavano e...»

«Lo so cos'è! Tu, però, sei davvero sicuro di stare bene?»

«Mai stato meglio.»

«Nient'altro?»

«Un'ultima richiesta.»

«La manicure e il sarto?»

«No, ho bisogno che mi accompagni e mi aiuti a radunarli.»

«Radunare chi?»

Botero, per la prima volta da quando ha messo piede nell'appartamento, sorride sornione: «Lo scoprirai».

Lei sospira. «D'accordo. Vado a rendermi presentabile, tu prepara il caffè, la moka è nella credenza in cucina.»

Evita di confessargli che l'aveva comprata proprio covando l'illusione che lui, un giorno, venisse a casa sua. Quel recondito desiderio si era finalmente avverato, peccato che il resto non fosse andato affatto come sperava.

*

L'effetto d'insieme ricorda *Il quarto stato*. Teatrale ma, al tempo stesso, preoccupante. Alfredo Colonna, infatti, sbianca di colpo. Non è facile spiazzare uno come lui, direttore di uno degli hotel più eleganti e conosciuti d'Italia, ma a quanto pare Botero ha il potere di riuscirci ogni volta.

Stavolta il commissario si è presentato accompagnato da una pattuglia di straccioni. E non in senso figurato: sono barboni autentici, presi dalla strada. Sudici, e con tanto di cani al seguito. Nella hall, tutti allineati, sembrano la rappresentazione plastica del famoso dipinto di Pellizza da Volpedo.

Il direttore, insieme al portiere e a un paio membri dello staff, vanno loro incontro. Fra la forze di opposizione c'è anche Bortolo Sanfilippo, il barista che ha chiacchierato con Botero una settimana prima: gli strizza l'occhio e fatica a rimanere serio.

Il suo capo, invece, frigge come un calamaro nella pastella.

Roberta osserva la scena rimanendo in disparte, raggiante e fiera dell'impresa che stanno per compiere. Il commissario riesce sempre a stupirla.

Hanno trascorso l'ultima ora a radunare la truppa, vale a dire a convincere i clochard accampati coi loro sacchi a pelo sotto i portici di via Vittor Pisani e zone limitrofe che non si trattava di una burla o di un arresto di massa. E anche che potevano, anzi dovevano, portare i loro cani!

«Perché lo fai?» aveva chiesto all'Amish.

«"Agisci senza paura per ciò che ritieni giusto." L'ha detto Gandhi, e penso sia appropriato alla situazione.»

Le era bastata come spiegazione, e adesso eccoli lì: schierati come gli scozzesi di Wallace davanti a Edoardo I.

Colonna si avvicina con le tenebre negli occhi.

Botero fa segno al suo amico clochard, l'anziano primo padrone di Duca, di avanzare. L'uomo, incredulo e timoroso di fronte a quei marmi tirati a lucido, si stacca dal gruppo e gli va incontro. Porta con sé uno zaino lacero contenente le sue poche cose e la borsa da tennis che gli ha affidato il commissario con l'ordine di consegnarla al direttore dell'hotel.

«Questo è il vostro lasciapassare» gli aveva spiegato, e lui si era fidato.

Arriva a un passo da Colonna e la appoggia ai suoi piedi.

Il direttore, seppur a fatica, tenta di mantenere la calma e si rivolge al poliziotto.

«Mi spieghi questa messa in scena, commissario.»

«Apra la borsa.»

L'altro freme di rabbia. Ma si controlla e, dopo un'esitazione, fa scorrere la cerniera.

«Bastano?» domanda il barbone incerto, tenendo sempre gli occhi bassi.

Sul viso del direttore prima si dipinge un'espressione di stupore, poi un sorriso.

«Eccome se bastano, signore! Almeno per tre giorni!»

Il vecchio si volta a guardare Botero, come a chiedere il permesso.

Colonna ha qualcosa da aggiungere: «Li hanno raccolti con l'elemosina?».

«In un certo senso sì.»

«Dovrei crederci?»

«Sono un pubblico ufficiale, potrei mai mentirle?»

Il direttore annuisce, Botero sorride e grida: «E che tre giorni di festa siano! Capito, signori? Vi godrete la suite al decimo piano del Savoy per settantadue ore!».

Un boato riempie le mura imponenti dell'hotel, prima che tutti partano di corsa all'assalto degli ascensori.

Il commissario e il direttore assistono impassibili alla scena, mentre Roberta osserva felice.

Quando la calma torna a regnare nella hall, Colonna riprende a parlare, come se nulla fosse successo.

«So che ha risolto il caso dell'omicidio Greco, complimenti.»

«Aveva dubbi?»

«In realtà parecchi.»

«Apprezzo l'onestà.»

«Non c'è di che. Ora mi dica: quanti sono esattamente gli... ehm... ospiti che avremo il piacere di ricevere?»

«Cinquanta, proprio come quelli di sabato scorso.

Più quattordici cani, che vanno tutti lavati e toelettati. Abbiamo chiamato per avvertirvi, ricorda?»

«Certamente. Solo che io credevo si trattasse di...»

«Di?»

«Be', di un altro tipo di clientela, ecco.»

«Oh, capisco. Comunque sappia che tra loro ci sono anche un marchese decaduto e un principe in disarmo.»

«Informazione interessante. Cosa ne dice se faccio portare su un rifornimento extra di saponi, profumi e generi da toeletta? Oltre a una montagna d'asciugamani, beninteso.»

«Mi sembra un'idea eccellente, direttore. E non dimentichi il ricco buffet: credo che siano tutti piuttosto affamati!»

*

«Se non ti spiace vorrei rimanere solo.»

L'auto si arresta davanti alla Cortina di ferro. Roberta appare delusa, ma non replica. Aspetta che Botero scenda e riparte sgommando.

Stretto in mano, il commissario tiene il sacchetto di tela che ha prelevato dalla borsa prima di consegnarla al clochard. Dentro ci sono la bomboletta di Freon e la Hazet, su cui c'è una macchiolina di sangue che quasi non si nota. Il tizio aveva davvero la testa dura!

Raggiunge a passi lenti la sala dell'attrezzatura, il suo meravigliario, e quando arriva alla porta nota qualcosa: un biglietto piegato in due, appiccicato con lo scotch. Sopra c'è una scritta, la calligrafia è quella di Camilla: "Questo sei tu".

Non muore dalla voglia di scoprire se stesso, così lo infila nella tasca del trench e si concentra su ciò che è venuto a fare.

Apre con la chiave e ripone tutto con cura. Mentre è lì, come ogni volta che non va di fretta, si sofferma per qualche istante ad ammirare gli oggetti. Roba del secolo precedente, di ogni forma, provenienza e utilizzo. Calcolatrici meccaniche, televisori in bianco e nero col telecomando a filo, gomme ormai immangiabili a forma di sigaretta per bambini e, perfino, una collezione di calamite da applicare in auto con lo spazio per inserire una foto dei propri cari con sopra scritto "Sii prudente, pensa a noi".

Quello su cui focalizza l'attenzione, tuttavia, è un aggeggio legato all'infanzia di molti italiani: il Gelosino, un gioiellino di tecnologia racchiuso in un guscio di bachelite. Era stato il primo radioricevitore portatile italiano, lanciato sul mercato nel 1953. Aveva segnato una rivoluzione nel modo di ascoltare la radio, rendendola accessibile a tutti grazie al prezzo contenuto e alle dimensioni compatte. Grande quanto un libro tascabile e facile da trasportare. Le famiglie se lo portavano in viaggio o ai pic-nic, per ascoltare la musica. Non solo: l'aspetto più interessante era che lo si poteva usare anche per registrare, e quella fu davvero una grande innovazione.

Il commissario lo rigira fra le mani, poi recupera delle pile – ne hanno una scorta, visto che la maggior parte degli apparecchi presenti lì dentro vanno a batterie – e lo accende. Fatica un po' a sintonizzarlo, ma trova infine la frequenza giusta, proprio mentre stanno trasmettendo il giornale radio.

Il questore sta annunciando che l'assassina dell'onorevole Greco è stata assicurata alla giustizia. Si tratta della moglie, Francesca Rinaldi, che al momento dell'arresto ha accusato un malore ed è stata trasportata in ospedale, dove è piantonata. Se la caverà. Macaluso aggiunge poi che, sempre oggi, dopo il maxisequestro di cocaina avvenuto in un bar di piazza Durante, sono stati arrestati il consigliere regionale Fausto Grimaldi, insieme al suo delfino e complice Dario Audisio, per turbativa negli appalti Expo e riciclaggio, l'imprenditore Rocco Talarico, per corruzione e traffico di stupefacenti, e una serie di figure minori facenti riferimento al pregiudicato Calogero Rubino, detto "il Lupo", per estorsione e traffico di stupefacenti.

Il commissario spegne: ha sentito abbastanza e può ritenersi soddisfatto di come sono andate le cose. Già che c'è gli viene un'altra idea, che lo costringe a rovistare in fondo a uno scatolone. Impiega un po' a recuperare un nastro registrato da novanta minuti. Sopra c'è scritto a biro il contenuto. Sorride, lo infila nel Gelosino ed esce tenendolo sottobraccio.

*

Nei corridoi del Niguarda regna il silenzio. Niente esami, nessuna frenesia come nei giorni feriali. La domenica è tranquilla, proprio come il suo amico immobile nel letto.

Botero parla tenendogli la mano e sperando che lui lo senta. Non ricorda se percepiva o meno il mondo esterno quando versava nelle stesse condizioni. Per lui era come galleggiare nel vuoto.

Togliendosi il trench ha ritrovato in tasca il biglietto di Camilla, che ora stringe fra le dita. Il titolo gli strappa un sorriso: "I dieci comandamenti di Botero". Li legge ad alta voce, recitandoli al suo amico.

«Quello sul biliardo è il più azzeccato, tu che dici?»

Come risposta riceve solo il *bip* ritmato dei macchinari. Ma non si scoraggia e riprende a parlare: «Oggi non ci sono le partite» sussurra. «Pausa per la Nazionale, così niente Inter. Che peccato, vero? Però ti ho portato una chicca. Tu la ricorderai, io, invece, me la posso solo risentire, visto che quando è successo stavo come te adesso...»

Appoggia il Gelosino sul comodino e preme "Play".

La registrazione è quella della finale di Champions League dell'Inter contro il Bayern Monaco del 22 maggio 2010. La notte magica di Madrid, quando la formazione nerazzurra ebbe ragione dei tedeschi per due a zero, conquistando il terzo trofeo della stagione. *Triplete.*

La telecronaca inizia e Botero stringe la mano all'amico commentando ogni azione, ogni momento importante, esultando al primo gol e, addirittura, urlando di gioia al secondo.

Doppietta incredibile di Diego Milito. Ovazione dello stadio.

Le macchine a cui è attaccato Domenico prendono vita e Botero è svelto a girarsi verso il muro e a tapparsi le orecchie per evitare che quell'ira di dio di suoni e lucette gli causi una crisi. Per fortuna il concerto si placa in fretta e, quando tutto torna alla normalità, a sorprendere il commissario c'è ben altro.

«Certo che quando giocava *El principe* era tutta un'altra musica!»

La voce roca è come una scossa elettrica sulle sinapsi dell'Amish, che d'istinto si butta sul letto per abbracciare Domenico.

«Ti sei svegliato! Sei tornato!»

«Volevo vedere cosa si provava. Ero invidioso dell'esperienza che avevi fatto tu.»

Botero ride e lo stringe a sé. «Certo, come no! Te lo sei dimenticato il Triplete?»

L'altro tossisce. «Niente affatto: io me lo ricordo bene!»

«Allora non siamo pari! Il tuo è stato un coma da niente! Giusto un sonnellino!»

«Sai come si dice, no? "Tutto passa in fretta, meno il tram quando si aspetta".»

«Ti preferivo da incosciente, sai?»

«E io non ricordavo che tu fossi così pesante!»

«Ti ci dovrai riabituare allora!»

L'amico gira la testa per guardarlo negli occhi.

«Come sono messo, Luca? Dico sul serio: cosa sono tutti questi macchinari?»

«Sopravvivrai, tranquillo. Hai ferite multiple alla testa e un braccio rotto. Farai solo più schifo a biliardo!»

Entrambi scoppiano a ridere.

«Vedo che si è svegliato, ottima notizia!»

Sulla soglia della porta si è affacciato un medico. Lo stetoscopio al collo e una busta in mano.

Botero si gira un istante per guardarlo prima di tornare a concentrarsi sull'amico.

«Sì, per fortuna.»

Qualcosa, però, dentro di lui vibra. Quegli occhi, i capelli, le labbra sottili...

Si volta di nuovo ma è già scomparso.

Rivede due fanali che gli vengono incontro nella notte, la musica assordante, l'auto che accelera... Scatta in piedi e lo insegue.

«Torno subito!» urla a Domenico.

In corridoio non c'è traccia di quel dottore, in compenso un'équipe sta arrivando di corsa, sicuramente allertata dalle macchine.

Botero si dirige nella direzione opposta, gira l'angolo, ma l'uomo è scomparso. Su una sedia ci sono il camice, lo stetoscopio e la busta che teneva in mano. Si avvicina col cuore in gola, sopra c'è riportata una sola lettera, la K.

«Era lui!»

Strappa la busta. Contiene una serie di foto stampate su carta Kodak, alla vecchia maniera. Il soggetto è Botero: immagini della sua vita. Lo ritraggono in vari momenti dell'indagine su Greco: in piedi davanti al Savoy, all'ingresso della Cortina di ferro, a passeggio insieme a Duca, all'ospedale San Paolo con un mazzo di fiori... Tutto. Kaminski l'ha sempre tenuto d'occhio. Così come ha spiato gli altri della squadra Alfa: ci sono istantanee di Roberta, di Camilla e del suo amico tranviere. Primi piani dei volti, su cui ha tracciato una croce con un pennarello rosso.

L'ultima foto è un ritratto del commissario, scattato proprio lì, in ospedale, la notte precedente, mentre dormiva accanto a Domenico. Intorno al suo viso ha disegnato un mirino. Dietro, a matita, c'è una scritta:

"Se hai aperto questa busta significa che mi hai riconosciuto. Bravo commissario: vuol dire che ti ricordi della mia faccia! Finalmente sei tornato quello di una volta. Non rallegrarti, però. Ora non avrò più riguardo: il prossimo sulla mia lista sei tu."

Nota dell'autore

Ci sono personaggi che, quando li immagini, diventano subito reali. Chiudi gli occhi e ti parlano, trascinandoti nel loro mondo.

È successo con il mio commissario antitecnologico, un eroe che nell'idea iniziale doveva rappresentare "l'opposto di Enrico Radeschi" e, in effetti, se mai un giorno quei due dovessero incontrarsi, difficilmente troverebbero un argomento di conversazione...

La sfida era creare uno Sherlock Holmes che si muovesse nella Milano di oggi indagando senza l'aiuto della tecnologia, con logica e istinto, alla vecchia maniera.

Dopo il primo romanzo, moltissimi lettori sono rimasti intrigati da questo ritorno al giallo classico, e devo confessare che anch'io, con questa seconda avventura, comincio davvero ad affezionarmi a Botero, perché credo che, sotto quella sua scorza dura, ci sia un cuore tenero, anche se lui lo tiene sempre ben nascosto. Spero sia lo stesso per voi!

Come sapete, scrivere è sempre una faccenda personale, che si vive in solitudine ma che necessita del supporto di tante persone. Ecco dunque qualche doveroso ringraziamento. *In primis* a mia moglie Eleonora, per la pazienza e il supporto costante; ai miei genitori, che trovano in ogni storia che racconto qualcosa di me e di loro; al mio editor, Giordano Aterini, che ha letto parecchie stesure dell'Amish (una perfino in cui una voce parlava in prima persona nella sua testa!), finché abbiamo trovato quella che soddisfaceva entrambi; al mio agente Piergiorgio Nicolazzini e alla sua squadra fantastica; ai librai che mi supportano con presentazioni, incontri e stima reciproca e, soprattutto, a voi lettori, che mi seguite sempre con grande affetto! Grazie davvero!

Un ringraziamento speciale va a Ferdinando Pastori per essere sempre il mio primo e più esigente lettore.

Infine una confessione: la passione calcistica del commissario è un omaggio alla memoria di mio nonno Bortolo: era lui l'interista di casa!

«Una morte onorevole»
di Paolo Roversi
Mondadori Libri

Questo volume è stato stampato
su carta HOLMEN
con fibra vergine proveniente da foreste sostenibili holmen.com/paper
presso ELCOGRAF S.p.A.
Stabilimento - Cles (TN)
Stampato in Italia. Printed in Italy

PEFC
PEFC/18-32-03

Certificato PEFC
Questo prodotto è realizzato con materia prima da foreste gestite in maniera sostenibile e da fonti controllate
www.pefc.it